誰去那裡？（附暮光之城）

驚人的科幻，約翰．坎貝爾小說選

約翰．W．坎貝爾 著
林捷逸 譯

目次

誰去那裡？

第一章

這裡臭氣沖天。只有在南極營地的冰封小屋裡才聞得到這種混濁惡臭，混合了人類汗臭和海豹油脂的濃烈腥臭。一股微弱的藥膏味正與汗水和雪水浸濕的毛皮霉味相抗衡。烹飪燒焦的刺鼻油味，狗身上不算難聞的氣味，隨著時間推移在空氣中漸漸消散。

揮之不去的機油味跟髒污的皮革護具形成強烈對照。然而，在人類與其相關事物——狗、機器和烹飪——發出的濃烈味道當中，出現另一種氣味。那是一種奇怪、讓喉嚨不舒服的味道，是工作和生活中很難聞出的陌生氣味。那是生命的氣味，不過來自桌上用繩子和防水布包裹起來的東西，持續緩慢滴落在厚重木板地上，在毫無遮掩的耀眼燈光下，看起來只是一灘平凡無奇的水漬。

布萊爾是探險隊中頭頂光禿的小個子生物學家，他緊張地扯開防水布，露出底下透明的黝黑冰塊，又慌慌張張把防水布拉回原位。他舞動的影子像個壓抑心中熱情的小鳥，圍繞光禿頭頂的那圈直挺灰髮，像給影子頭上載了個滑稽的光環。

指揮官蓋瑞任憑自己穿著一身皺亂內衣就往桌子走去，目光逐一掃過那些擠進指揮中心的人們。

他高大僵硬的身體終於挺直起來，並且點了點頭。「三十七個人，都到齊了。」他的聲音低沉，卻明顯帶有天生的權威性，如同指揮官頭銜賦予他的一樣。

「關於第二磁極探險隊發現的東西，你們都知道大概的情況。我已經和副指揮官麥克雷迪，還有諾里斯、布萊爾以及庫柏醫生討論過。因為我們意見分歧，且事關所有人，所以只能請整個探險隊成員來做決定。

「我請麥克雷迪告訴你們詳細情況，因為你們每個人都專注在自己的工作，無法清楚了解其他人在忙什麼。請說，麥克雷迪。」

從灰藍背景中挪動現身，麥克雷迪這號人物就像出自某個被遺忘的神話，一尊若隱若現的古銅雕像，擁有生命、能夠走路。六英尺四英寸的身高站在桌旁，特地向上瞧了一眼，確保自己在低矮屋梁下有足夠空間挺直腰桿。他仍穿著那件粗糙礙眼的橘色防風夾克，不過穿在他巨大骨架的身上似乎並不違和。狂風亂飛席捲南極荒原，即使在四英尺積雪下的屋子裡，冰封大陸的寒氣也都滲透進來，讓他對酷寒十分有感。他一身古銅色，有著泛紅古銅色的大鬍子，濃密頭髮也是一樣。粗糙如麻繩般雙手在桌上握緊，放開，又握緊，放開，也是古銅色的。連濃眉下深邃的眼睛也是古銅色的。

他的臉部輪廓有稜有角，猶如經久耐用的金屬製品，此時發出了圓潤低沉的聲音。

「我們發現的動物並非源自地球，諾里斯和布萊爾在這件事上觀點一致。不過諾里斯擔心可能會有危險，布萊爾則認爲沒這可能。

「我要回顧一下我們如何以及為什麼發現它。我們來這裡前都知道，這地點似乎正好位於地球的地磁南極。如同你們所知，指南針都筆直指向這裡。物理學家使用更精密的儀器，尤其是特別為這次研究地球磁極所設計的儀器，在距離這裡西南方八十英里處偵測到第二個磁極效應，一個比較弱的磁力作用。

「於是第二磁極探險隊出發前往研究。細節就不多說。我們發現它了，但並不是諾里斯預料的巨大隕石或磁山。當然，鐵礦具有磁性；鐵製品更是如此，某些特殊鋼材的磁性還更明顯。從地表跡象來看，我們發現的第二磁極很小，磁性反應小到十分不尋常。任何想得到的磁性物質都不會有那種反應。聲納穿透冰層顯示它距離冰川表面不到一百英尺。

「我想你們應該都知道這地方的陸地結構。那裡有個廣闊高原，范沃爾說是從第二基地向南延伸超過一百五十英里的水平高地。他沒足夠時間和燃料飛得更遠，不過當時正平穩地向南飛行。就在那東西被埋起來的地方，有一道掩埋在冰層下的山脊，一堵堅不可摧的花崗岩牆，完全擋住從南邊漫延過來的冰層。

「正南方四百英里就是南極高原。你們曾多次問過我，爲什麼這裡起風時會變得比較暖和，你們大部分人應該知道原因。身爲氣象學家的我敢保證，華氏零下七十度的環境裡根本沒風，零下五十度時的風速不超過五英里時速，因此沒有風與地面、冰雪和空氣本身摩擦產生的熱。

「我們在冰層覆蓋的山脊邊緣紮營了十二天。我們鑿開地表的藍色冰層建立基地，大部分時間躲在地面下。但連續十二天的風速都達到四十五英里時速，有時高達四十八英里，有時降到四十一英里。氣溫是零下六十三度，有時升到零下六十度，有時降到零下六十八度。這在氣象學上是不可能的現象，但它卻毫無中斷持續了十二天、十二夜。

「在南方某處，南極高原的冰凍空氣從一萬八千英尺高的冰穹滑落，穿過山隘，通過冰川，開始向北移動。必定有一條狹窄山脈導引它掃過四百英里，到達我們發現第二磁極的光禿高原，再往北走三百五十英里抵達南冰洋。

「南極洲從兩千萬年前結凍之後，就一直處於冰封狀態。它從來沒有融解過。

「南極洲在兩千萬年前開始結凍。我們經過研究、思考並建立假設。我們相信事情經過是這樣的。

「有東西從外太空掉下來，是一艘太空船。我們看到它在藍色冰層裡，一個像是沒有指揮塔或方向舵的潛艇，長兩百八十英尺，最粗的地方直徑四十五英尺。

「嗯，范沃爾？來自外太空？是的，我稍後會解釋清楚。」

麥克雷迪沉著地繼續說。

「它來自外太空，用人類尚未發現的動力驅動飛行，但不知怎麼的，也許出了差錯，它與地球磁場糾纏在一起。太空船來到南極這邊，也許失去控制，繞著磁極盤旋。那是個荒涼的世界，但是當南極洲處於冰封狀態，又更荒涼了上千倍。那時一定有暴風雪，南極陸地在冰川化過程中還有堆積新的冰雪。風暴一定非常嚴重，狂風在這座現在被埋沒的山脊邊緣捲起一道扎實白幕。

「太空船一頭撞上結實花崗岩，結果撞毀了。上面船員並沒有全部遇難，但太空船肯定被撞壞，驅動裝置卡住了。諾里斯相信這是它跟地球磁場相互糾纏的結果。智慧生物製造的東西，沒有一樣可以跟星球極爲龐大的自然力量相抗衡而存活下來。

「其中一名船員走出來。我們看到那裡的風從沒低於四十一英里時速，最高溫度不到零下六十度。當時的風一定更強，而且還飄落大片紮實的冰雪。那『東西』走不到十步就迷失了方向。」他停頓一會兒，低沉、穩定的嗓音被頭頂嗡嗡的風聲取代，火爐上的管線傳來令人不安、不懷好意的咕嚕聲。

狂風亂舞，掃過頭頂上的世界。雪被呼嘯捲起，猛烈飛揚，遮蔽地面上的路徑。如果走出連接營地建物間的地下通道，人在十步內就會迷失方向。營地外面，無線電桿像細長的黑手指，伸向三百英尺高的空中，頂端是晴朗的漆黑夜空，在極光翻捲舔拭下，颼颼冷風從一方遠端吹向另一方遠端。北邊地平線上舞動著子夜薄暮昏暗怪異的色彩。那是南極洲三百英尺上空的春天。

地面上盡是一片死白。刺骨寒風驅使著死亡前進，吸取任何溫暖物體的熱量。冰冷——以及永不停歇的無盡白霧，飛舞的細小雪花，遮蔽掉了一切東西。

金納是臉上有小傷疤的廚師，他的臉抽搐起來。五天前，他去地面上的儲藏室拿冷凍牛肉。他拿到牛肉，開始往回走，冷風從南方吹了過來。酷寒、蒼白的死亡氣息竄過地面，讓他眼花了二十秒鐘。他跌跌撞撞瘋狂兜圈子。半小時後，人們牽著繩索在無法穿透的昏暗中找到他。

對人類或那「東西」來說，在十步內迷失方向是輕而易舉的事。

「當時的狂風亂舞也許比我們所認知的還難穿透。」麥克雷迪的聲音讓金納回過神來，回到溫暖潮濕的指揮中心。「太空船上的船員看來也沒做好準備。它在距離太空船不到十步的地方凍僵了。

「我們往下挖掘找到太空船，在挖掘路徑上碰巧發現那結凍的——動物。巴克萊的冰鎬敲到它的頭骨。

「我們看出那是什麼，巴克萊就回去牽引機那邊把蒸汽鍋爐的火升起，當蒸汽壓力開始增加，他呼叫了布萊爾和庫柏醫生。巴克萊當時就在生病，事實上已經病了三天。

「布萊爾和庫柏過來之後，我們從那動物身上切下一小塊冰，誠如你們所見，然後包裹起來放上牽引機，準備帶回這裡。我們想進去那艘太空船。

「我們抵達它旁邊，發現那是某種不認識的金屬。我們的無磁性鈹銅工具傷不了它。巴克萊在牽引機上有些鋼製工具，結果也無法劃破它。我們做了些適當的試驗，甚至試過電池裡的酸液也沒用。

「他們一定有用鈍化處理讓鎂金屬可以抗酸，而且合金中必須至少含有百分之九十五的鎂。我們沒辦法證實這項推測，所以發現有道微開的門時，便決定要從那邊進去。門後是清澈堅硬的冰塊，但我們夠不著。透過縫隙可以看進去，裡面只有金屬和器具，所以我們決定用炸彈鬆開冰塊。

「我們有癸烷炸藥和鋁熱劑。鋁熱劑是用來融化冰塊；癸烷炸藥可能會摧毀有價值的東西，而鋁熱劑只會讓冰塊鬆解。庫柏醫生、諾里斯和我放了二十五磅鋁熱炸彈，接上電線，連接到坑道外的地面上，布萊爾已經讓蒸汽牽引機在那邊待命。我們到花崗岩牆另一側的一百碼外，然後引爆鋁熱炸彈。

「當然，太空船的鎂金屬被點燃了。炸彈的眩光閃耀起來並且熄滅，然後又開始閃耀。我們跑回牽引機那邊，眩光愈變愈強。從我們所在位置，可以看到整個冰原被難以忍受的強光從地面下照亮；太空船影子是個巨大的黑色圓錐體，一直向北延伸過去，直到暮光幾乎消失的地方。眩光持續了一陣，我們看到另外三個黑影，也許是其他被冰凍的船員。然後冰層崩塌下去，撞擊到太空船。

「這就是爲什麼我要跟你們描述那地方。極地刮下的強風從我們後方吹來。蒸汽和氫氣火焰劃破白色冰霧，冰層下的火焰熱度還沒接觸到我們就被吹往南冰洋。否則，即使有花崗岩山脊阻擋強光，我們也不可能回得來。

「不知何故，我們在眩目火海中看到一些巨大物體，大塊黑色物體灼熱到發光。它們甚至一度發出鎂燃燒的猛烈白熾光線。我們知道那些一定是引擎。秘密陷入了壯麗火海中——可能讓人類了解行星的秘密。那些神秘物體可以抬升並推動太空船，卻受困在地球磁場的力量當中。我看見諾里斯嘴巴在動，然後低下頭去。我聽不到他在說什麼。

「某種隔絕的東西消失了。先前讓它們受困地球兩千萬年的冰層破碎開來。天上極光往下吞捲，整片高原浸沒在遮蔽視野的冰冷火焰中。我手中的冰鎬變得火紅，丟到冰上發出嘶嘶聲響，衣服上的金屬鈕扣也熱到發燙。一道藍色閃電從花崗岩牆的後方朝天空劈去。

「然後冰牆轟然一聲崩塌在它上面。有一瞬間它發出長長的尖銳聲，就像乾冰被壓在金屬間發出的聲音。

「我們暫時失去視力，在黑暗中摸索了好幾小時，直到恢復視力爲止。我們發現一英里內的每個線圈都熔成廢鐵，還有發電機、無線電機組、聽筒和擴音器也都一樣。如果沒有蒸汽牽引機，我們根本無法走過漫漫長路到第二營地。

「如你們所知，范沃爾在日出時從大磁鐵營地飛過去。我們盡快趕了回來。這就是發現那東西的經過。」麥克雷迪的古銅色大鬍子指向桌上的東西。

第二章

布萊爾不自在地動了一下，削瘦手指在刺眼燈光下蠕動著。隨著皮膚下的肌腱抽搐，指關節上的褐斑前後滑移。他把防水布拉開一點，不耐煩地看著裡被冰封住的深色物體。

麥克雷迪稍微挺直龐大身軀。那天他才駕駛蒸汽牽引機，搖搖晃晃走了四十英里路，賣力回到大磁鐵營地這邊。再度與人類混雜在一起，他的沉著不敵心中的焦慮。第二營地那裡孤單寧靜，怒吼狂風從極地呼嘯而下。在他夢中盡是嗡嗡作響的狂風呼嘯，還有清澈無比的藍色冰塊，以及一把銅製冰鎬插在那東西的頭骨上。

身材高大的氣象學家再次開口。「問題是這樣的。布萊爾想檢查這東西，把它解凍並採集組織，做成顯微鏡載玻片等等。諾里斯認爲那不安全，布萊爾持相反看法。庫柏醫生非常贊同布萊爾的意見。當然，諾里斯是物理學家，不是生物學家，但我認爲大家應該聽聽他提到的一個觀點。布萊爾曾說生物學家即使在此酷寒荒涼的地方，發現仍有微生物形態的活動。它們每逢冬天結冰，到了夏天解凍三個月，然後開始活動。

「諾里斯的觀點是——它們解凍，然後重新活過來。這生物一定帶有與它相關的微生物。我們所知的每種生物都帶有與其相關的微生物。諾里斯擔心的是，我們一旦解凍那些已經冰封兩千萬年的微生物，可能會釋放出一種瘟疫，某種地球上未知的病菌。

「布萊爾承認這種微生物也許保留了生命力。像單細胞這類無組織的東西，被冰凍後還能維持一段時間的生命。這怪物就像他們在西伯利亞發現的長毛象一樣，這種有組織、高度發展的生命形態經不起冰凍。

「但微生物經得起。諾里斯想到的是，我們可能釋放出某些人類從未遇過的疾病，那就完全沒有抵抗能力。

「布萊爾的答覆是有可能存在這種仍具活動力的病菌，但諾里斯不讚成這提議，它們對人類而言完全沒有免疫力。我們的生物化學大概——」

「大概！」小個子生物學家像鳥一樣迅速抬起頭來。圍繞光禿頭頂的那圈灰髮就像怒氣沖沖豎了起來。「嗨，你們看——」

「我知道，」麥克雷迪承認。「這不是地球上的東西。它似乎不太可能擁有與我們足夠相像的生物化學組分，因此交叉感染的可能性很低。我會說那就沒有危險。」

麥克雷迪看向庫柏醫生。醫生緩緩搖頭。「絕無可能，」他自信滿滿斷言。「就蛇這類相對較爲親近的物種而言，人不會被它身上帶有的病菌感染。然而，我向你們保證，」他刮乾淨的臉龐彆扭地做了個鬼臉，「蛇要比那東西與我們更親近。」

萬斯・諾里斯氣憤地挪了挪身子。他在這群大概都有五英尺八英吋的大個子中，個頭相對較矮，結實有力的身材讓他更顯矮小。他又捲又硬的黑髮就像短鋼絲，眼睛是鋼鐵灰。如果說麥克雷迪是一身古銅色，諾里斯就是一身鋼鐵色。他的動作，他的思維，以及整體舉止都像彈簧一樣衝勁十足。他的敏感神經也像鋼鐵般牢固堅硬，反彈迅速，容易受傷。

他決意堅持自己觀點，用特有的連串簡短語詞猛烈反擊。

「該死的化學差異。那東西也許死了——或者，老天，也許沒死——但我不喜歡它。該死的，布萊爾，給他們瞧瞧你在那裡撫摸的東西，給他們瞧瞧那骯髒的東西，要他們自己決定是否想讓那東西在這營地解凍。

「好吧，順帶一提。若要解凍，今晚就得在其中一間小屋裡解凍，那麼誰來看守？磁場——哦，康南特，今晚要觀察宇宙射線。很好，你要跟那個有兩千萬年歷史的木乃伊坐在一起。

「打開它，布萊爾。如果他們沒看到，怎麼知道自己接受的是什麼東西？它或許具有不同的生物化學組分。除此之外我不知道它還有什麼，但我知道它有我不想看到的東西。如果你們看過它長相後能作出判斷——它不是人類，或許你們無法判斷——它凍僵時一臉惱怒。事實上，那種惱怒幾乎表現出它氣到發狂的敵意。你們兩人都沒提到這點。

「這些傢伙怎能判斷他們要表決的東西？他們不曾看過那三隻紅眼睛，藍頭髮就像爬動的蠕蟲。爬動——該死的，它現在就在冰塊裡爬動！

「地球上育孕出來的生物，從未見過那種難以形容、昇華到極致的惱怒，那東西在兩千萬年前環視這片荒蕪的冰凍世界時，臉上出現的就是這表情。發狂？它徹底暴怒了——忿恨到沸騰的怒火！

「天啊，我自從看過那三隻紅眼睛後就一直惡夢連連。夢到那東西融解後活了過來——它沒有死，在那兩千萬年裡甚至完全失去了知覺，只是慢慢等待——就在等待。當那該死的東西，地球上不該見到的東西，今晚在宇宙小屋裡慢慢融解，一點一點滴下，你們也會夢到同樣情景。」

「還有，康南特，」諾里斯突然轉向那位宇宙射線專家，「你不覺得整晚安靜坐在那邊很有趣嗎？頭頂上狂風呼嘯，然後那東西在滴水——」他停頓一會兒，環顧四周。

「我知道，這麼說很不科學。但這是心理學的問題。你們接下來一年都會做惡夢。我從看過那東西之後每晚都做惡夢。這就是爲什麼我討厭它，確實是很討厭，而且不想看到它在附近。把它放回原來地方，再讓它凍個兩千萬年。我做了一些可怕的夢，夢見它跟我們的構造不同——這是顯而易見的——它能隨意控制自己另類的肌肉。它可以改變外形，看起來就像人類一樣，然後伺機殺戮和吞噬——

「這東西不合邏輯上的論證。我知道它不是。反正那東西本來就不合乎地球的邏輯。

「也許它擁有外星人的生物化學，也許它身上的病菌具有不同的化學組分。細菌可能經不起長時間冰凍，但是，布萊爾、庫柏，那病毒呢？你曾說過那只是個酶分子，它只需任何活體的一個蛋白分子就能發揮作用。

「而且你怎能如此確定，在它可能帶有的幾百萬種微生物中，沒有一種是危險的？像是恐水症或狂犬病這些疾病呢？它們攻擊任何恆溫動物，無論其生物化學的組分是什麼。還有鸚鵡熱呢？你有像鸚鵡般的身軀嗎，布萊爾？還有常見的腐爛、壞疽和壞死，你想得到嗎？那些傷病對生物化學毫不挑剔！」

布萊爾慢條斯理抬起頭來，跟諾里斯憤怒的灰眼睛對望一會兒。「你說到目前為止，這東西被捕捉到唯一散發出來的是夢境。就這點來說我不否認。」一個別有用心、略帶惡意的燦爛笑容在這小個子充滿皺紋的臉上閃過。「我也做過一些夢。所以，這是有傳染性的夢。毫無疑問是個非常危險的疾病。

「就你講的其他事情來說，你對病毒有個嚴重誤解。首先，沒任何人證明只用酶分子理論就可解釋它們。第二，當你得到菸草花葉病或小麥莖鏽病時，請讓我知道。因為小麥植物比這來自其他世界的生物更接近你的生物化學組分。

「你得狂犬病的途徑是有限的，非常有限。你不會從小麥植物或魚身上被感染到，而它們卻是你共同祖先的旁系後代。不過，諾里斯，這東西不是。」布萊爾快活地朝桌上那塊包在防水布裡的東西點點頭。

「好吧，如果你非得要解凍它，就放在一桶福馬林裡解凍。我建議——」

「我已經說過這對它沒有意義。你就是不肯妥協。你和蓋瑞指揮官爲什麼到這裡研究磁力？爲什麼你不甘願待在家裡？紐約有夠多磁力可以研究。我無法從福馬林泡過的樣本當中研究曾經活著的東西，就像你回到紐約無法得到想要的資訊。而且，這東西若被如此處理，未來不可能再有相同樣本。這種族必定在它被冰凍的兩千萬年間就已消失，就算它來自火星，我們永遠也找不到類似東西。而且——太空船已經毀了。

「只有一種方法來做這事，也可能是最佳的方法。它必須慢慢地、小心地解凍，而且不要放在福馬林裡。

指揮官蓋瑞再次站到前面，諾里斯忿忿不平退到後面。「各位，我認爲布萊爾講得沒錯。你們認爲呢？」

康南特咕噥道，「我覺得，對我們來說聽起來沒錯——只是，他或許應該在旁邊監視解凍過程。」他可憐地笑了笑，把額頭上滑落的一綹深紅頭髮往後撥去。「老實說，如果他能跟那一小塊屍體一起熬夜，會是個不錯的主意。」

蓋瑞露出微笑。表示贊同的一陣咯咯笑聲傳遍整個團隊。「我想它在這裡待了那麼久，若變成幽靈的話也早已餓死，康南特，」蓋瑞提出看法。「你看起來可以處理它的。『鋼鐵人』康南特應該可以制服那東西。我——」

布萊爾急切打開繩索。防水布一掀開就露出了那東西。冰塊在房間裡已經稍微融化，就像清澈的藍色厚玻璃。在毫無遮蔽的燈泡強光下，它濕滑地閃閃發亮。

房間裡頓時靜止了。那東西臉朝上放在簡單、沾滿油漬的木頭桌板上。折斷的半根銅製冰鎬仍插在古怪頭骨上。三隻發狂、充滿忿恨的眼睛彷彿活生生的火焰，鮮明得像剛噴出的鮮血，臉上布滿蠕蟲盤繞的醜陋窩穴，藍色蠕蟲爬滿該長頭髮的地方——

范沃爾，身高六英尺、體重兩百磅的冷靜飛行員，發出一聲暈眩、窒息的喘息，跌跌撞撞走去外面通道。一半的人奪門而出，另一半的人踉蹌退開桌子。

麥克雷迪站在桌子一端看著他們，龐大身軀紮實撐在有力雙腿上。諾里斯在另一端怒視那東西，心中燃燒著忿恨。在門外面，蓋瑞和六個人正在交談。

布萊爾拿來一把平頭釘鎚。裹住那東西的冰塊被鋼鎚一點一點敲碎，脫離被它冰封兩千萬年的物體——

第三章

「我知道你不喜歡這東西，康南特，但我們只需要讓他被正確解凍。你說可以讓它保持原狀，直到我們回到文明世界。好吧，我承認你的提議有道理，我們回到那邊可以做得更好、更完善。但是，我們要如何通過赤道呢？我們得帶這東西穿過一個溫帶，然後是熱帶，還要再另外半個溫帶才能到達紐約。你不想坐它旁邊待一晚，卻建議我把這屍體跟牛肉一起掛在冰箱裡？」布萊爾從小心翼翼的敲鑿中抬起頭來，他光禿、長雀斑的腦袋得意洋洋地點了點頭。

金納，那位身材結實、臉上有傷疤的廚師，倒是幫康南特省去回答的麻煩。「嘿，先生，聽著。若把那東西放進冰櫃跟肉在一起，我發誓要把你也塞進去陪它。你們這些傢伙已經把這營地任何搬得動的東西都帶到我的食堂裡，我必須忍受這點。但如果把這類東西放進我裝肉的冰櫃，甚至營地的肉品儲藏室，你們就自己煮你該死的食物。」

「不過，金納，這是大磁鐵營地僅有的一張大到足夠用來工作的桌子，」布萊爾抗議。「每個人都解釋過。」

「是啊，每個人把所有東西都拿到這裡。只要狗發生打鬥，克拉克都把牠們帶到桌上縫合傷口。拉爾森把他的雪橇也帶進來。你們唯一還沒放這桌上的是波音飛機。如果找出方式讓它通過地下通道的話，你們早就帶進來了。」

指揮官蓋瑞朝首席飛行員范沃爾咯咯笑著。范沃爾對金納慎重點點頭，金色大鬍子居心叵測地抽動一下。「你說得沒錯，金納。唯一好好對待你的是飛行部門。」

「這裡的確擠了很多東西，金納，」蓋瑞承認。「但我們恐怕不時都會遇到這種狀況。南極營地沒太多隱私。」

「隱私？那是什麼鬼東西？你知道，真正讓我想哭是看到巴克萊走過這裡，嘴裡唱著『營地裡最後的木料！營地裡最後的木料！』然後把門拔去做牽引機的頂棚。該死，我想念他扛出去的那片門板上雕刻的月亮，更甚於日落後的太陽。巴克萊帶走的不僅是最後的木料，他也剝奪了這鬼地方最後的一點隱私。」

當好脾氣的金納一貫的抱怨再次出現時，康南特沉重的臉上出現笑容。但笑容很快就消失，因爲他深邃的黑眼又轉向布萊爾正從冰塊裡剝離出來的紅眼睛東西。他用大手掌搔弄自己齊肩長髮，拉起一綹纏繞的髮絲。「如果我得坐那東西旁邊就會太擠了，」他咆哮著說。「你爲什麼不繼續把它周圍的冰鑿掉，我向你保證，這麼做不需任何人介入，然後再把那東西掛在發電機鍋爐上？那裡夠暖和了，幾小時內就可以解凍一隻雞，甚至整塊牛側腰肉。」

「我知道，」布萊爾抗議道，他放下平頭釘鎚，好讓瘦削、長雀斑的手指擺出更有力姿勢，嬌小身軀因爲滿腔熱忱而緊繃著，「但這太重要了，不能冒任何風險。從來沒有像這樣的發現，永遠不可能再有同樣的事。這是人類唯一的機會，必須做得萬無一失。

「聽我說，你知道我們在羅斯海附近抓到的魚，幾乎一拿上甲板就被冰凍起來，如果我們慢慢解凍就會再活過來？低等生物不會被快速冷凍和慢慢解凍殺死。我們有——」

「嘿，看在老天的份上，你說那該死的東西會復活！」康南特喊道。「你要讓那該死的東西——讓我來吧！它會變成許多碎片——」

「不！不要，你這笨蛋……」布萊爾跳到康南特面前保護他珍貴的發現。「不是的，只有低等生物才會這樣。看上帝的份上，讓我說完。你無法解凍高等生物並讓它們復活。等一下，停下來！一條魚可以在冷凍後復活，是因爲它屬於十分低等的生物，身上個別細胞能夠甦醒過來，這就足以重建它的生命。任何高等生物在那樣解凍過程中都會死掉。雖然個別細胞能夠甦醒，但需要多重器官的協同作用才能存活。這種協同作用無法被重建。任何沒有受傷、被快速冷凍的動物都有一種潛在生命，但它無法——在任何條件下都沒辦法——在高等動物身上變成活躍的生命。高等動物太複雜、太精緻。這是一個有智慧的生物，它的進化跟我們一樣高，或許還更高。它就像被冰凍的人一樣死透了。」

「你怎麼知道？」康南特舉起剛才抓在手裡的冰鎬質問說。

指揮官蓋瑞把手放在他厚實肩膀上加以制止。「等一下，康南特。我想弄清楚這點。哪怕它有一絲復活的機會，我都不贊成解凍這東西。我完全同意讓它活過來是令人難以接受的事，但我不知道還有這微乎其微的可能性。」

庫柏醫生把菸斗從嘴裡拿出，從他剛才坐的床鋪上挺直粗壯黝黑的身軀。「布萊爾講的是技術性說法。那東西其實已經死了，就像在西伯利亞發現被冰凍的長毛象一樣。潛在生命就像原子能——存在那邊，但沒人能將它釋放出來，它當然也不會自己釋放出來，除了一些極爲罕見的案例，就像化學裡的鐳一樣罕見。我們有各式各樣的證據顯示，動物經過冰凍後就無法繼續存活，一般而言，甚至魚也是如此；同時，也沒證據顯示高等動物能在任何環境下存活。那有什麼意義呢，布萊爾？」

小個子生物學家搖著頭，圍繞光禿頭頂的那圈頭髮不以爲然地揮舞著。「重點是，」他用一種受委曲的語氣說，「如果正確解凍的話，個別細胞也許能透露它們存活時的特徵。一個人的肌肉細胞在他死後還能存活好幾小時。就因爲它們依然活著，像是頭髮和指甲細胞的一些東西也還活著，你不會把一具屍體當成僵屍之類的東西。

「如果現在正確解凍這東西，我或許有機會確認它來自怎樣的世界。我們無法透過其他途徑了解它是否來自地球、火星、金星或更遠的星球。

「而且你們不要只因爲它看起來不像人類，就認爲它是有害的、兇惡的東西。也許那臉上表情就是對命運的屈服。像白色對中國人來說是哀悼的顏色[1]。如果人類彼此都可以有不同習俗，爲什麼一個如此另類的種族，我們對其臉部表情卻不能有另類的理解？」

康南特冷冷輕笑著。「平靜的屈服！它最好是以這種方式認

1在西方白色象徵純潔，是西方婚禮上的主要用色。

命，我很討厭看它一臉發狂的樣子。那張臉絕不適合表現平靜，它天生就不具有任何像平靜這類的達觀思維。

「我知道它是你的寵物，但請保持理智。那東西像一隻在邪惡環境中成長的小貓，邁向成熟的路上用盡各種殘酷手段來取悅自己。」

「你完全沒權利這麼說，」布萊爾厲聲駁斥。「您怎能一眼看穿一個非人類的臉部表情代表的意義？它也許正好是人類沒有相對應的表情。這就是大自然不同的進化，奇妙適應性的另一個例子。它生長在另一個星球，也許是更嚴苛的世界，因此擁有不同的形態和面貌，但它跟你我一樣是大自然的產物。你表現出來的是人類討厭異類的幼稚缺點。在它自己的世界，你可能被歸類爲有魚肚的白色怪物，眼睛數量不足，身體呈眞菌狀，蒼白且鼓脹得充滿氣體。只因爲它的本質不同，你無權說它必然是邪惡的。」

諾里斯突然爆出一聲：「哈！」他低頭看那東西。「也許來自其他世界的東西只因爲它們是異類，所以並不一定是邪惡的。但它的確是！你說它是大自然的產物，是嗎？那麼它來自一個邪惡的大自然。」

「噢，你們這些傢伙可不可以別再互相抱怨，並且把那該死的東西從我桌上拿走？」金納咆哮說。「蓋一塊帆布在上面。它看起來實在很粗鄙。」

「金納變文雅了。」康南特嘲笑說。

金納斜眼看著大物理學家。帶傷疤的臉頰皺成一團，緊抿的雙唇露出扭曲的笑容。「好吧，大人物，你一分鐘前又在抱怨什麼？如果你想要的話，我們今晚可以把那東西放在你旁邊的椅子上。」

「我不怕它那張臉，」康南特大聲說。「我不喜歡的是好像在爲這屍體守靈，但我還是會這麼做。」

金納笑開了，「啊哈。」他走去廚房爐子旁，快活地敲起爐灰，淹沒了布萊爾再度鑿冰發出的清脆聲。

第四章

宇宙射線計數器發出「咯、咯，」聲響，「咯——啵——咯。」康南特嚇了一跳，手中鉛筆掉了下去。

「該死。」物理學家朝遠處角落看去，就是擺蓋格計數器的那張桌子後面，然後又爬到書桌下找回鉛筆。他坐好重新開始工作，嘗試讓字跡寫得更工整。它往往伴隨蓋格計數器[2]突然發出

2 一種用於探測游離輻射的粒子探測器。

的聲響，出現意外的一撇或顫抖。用來照明的汽化燈發出柔和嘶嘶聲，十幾個睡在天堂小屋通道上的人發出口沫橫飛的鼾聲，爲計數器不規則的咯咯聲和銅爐裡煤炭滑落的沙沙聲提供了背景音效。角落裡的那東西持續發出輕柔滴水聲。

康南特從口袋掏出一包香菸，啪的一下甩出一根菸塞進嘴裡。打火機點不起來，他生氣地在紙堆裡翻找火柴。他又撥了幾下打火機，咒罵一聲把它扔掉，然後起身去銅爐旁用火鉗夾起一塊燒到火紅的煤炭。

他回到書桌前試撥打火機，它立刻點著了。當一陣宇宙射線襲來時，計數器爆出一連串咯咯暗笑。康南特轉頭過去怒視著它，然後集中精神判讀過去一週收集的資料。關於本週摘要——

他放棄了，並屈服於內心的好奇或不安。他從書桌上舉起汽化燈，拿去角落的桌上，然後回到爐子旁拾起火鉗。那怪物已經解凍將近十八小時。他不經意地小心戳了它一下；肌膚不再硬得像盔甲，卻呈現橡膠般的質感。它看起來像潮濕的藍色橡膠，布滿水滴閃閃發亮，在汽化燈的強光下像一小顆圓形寶石。康南特有一種沒來由的衝動，想把汽化燈裡的燃油倒進裝那東西的箱子裡，然後把香菸丟進去。三隻紅眼睛茫然瞪著他，紅寶石般的眼球反射出陰鬱、混濁的光線。

他隱約體認到自己已經看它們很久，甚至隱約了解到它們不再是無意識的東西。但比起從那脈搏微弱的枯瘦脖子底部，長出像觸鬚的東西正吃力地緩緩移動，這似乎已經不重要了。

康南特拿起汽化燈回去椅子那邊。他坐了下來，盯著眼前滿是數學運算的紙張。不可思議的是，計數器的咯咯聲不再搞得他心神不寧，爐裡煤炭的沙沙聲也不再使他分心。

身後地板的嘎吱聲並沒有打斷他的思緒，他機械化地處理每週報告，塡寫數據欄位，書寫摘要記錄。

地板的嘎吱聲聽起來更靠近了。

第五章

布萊爾突然從惡夢縈繞的睡眠深處驚醒過來。康南特模糊的臉孔飄浮在上方，片刻間似乎像是恐怖夢境的延續。但康南特的臉帶著憤怒，還有一點驚恐。「布萊爾——你這該死的木頭，快醒來。」

「嗯？」小個子生物學家揉了揉眼睛，瘦削、長雀斑的手指彎曲成孩童拳頭般大小。周圍床鋪伸出其他臉孔盯著他們。

康南特站直身子。「起床——打起精神。你那該死的動物逃走了。」

「什麼——逃走了！」首席飛行員范沃爾用粗魯的嗓音大聲咆嘯，連牆壁都跟著震動起來。聯絡通道驟然傳來其他人的叫喊聲。住在天堂小屋的十幾個人突然衝進來，矮胖結實、穿著連身羊毛內衣的巴克萊手裡提了個滅火器。

「到底怎麼回事？」巴克萊質問。

「你那該死的怪物逃走了。大約二十分鐘前我睡著了，醒來時那東西就不見了。嘿，醫生，是你說那些東西不可能活過來。布萊爾胡扯的潛在生命還眞見鬼的發展出許多潛能，從我們面前揚長而去。」

庫柏一臉茫然瞪著前方。「它不是——地球的生物，」他突然嘆口氣說。「我想——地球的法則對它並不適用。」

「好吧，它申請休假離營，也逮到了機會。我們得找到它，想辦法把它抓起來。」康南特尖酸罵著，深邃黑眼滿是不悅與憤怒。「這可怕生物沒趁我睡著時把我吃掉還眞是奇蹟。」

布萊爾轉頭呆愣著，蒼白雙眼突然充滿恐懼。「也許它有——呃——嗯——我們得找到它。」

「你去找，那是你的寵物。我已經做了我願意做的事，陪它坐在那裡七個小時，聽著計數器每隔幾秒就發出咯咯聲，而你們這些傢伙卻在這裡盡情鼾睡。我能睡得著還眞是奇蹟。我去找指揮官。」

指揮官蓋瑞匆匆低頭走進門口，一路還在拉緊皮帶。「不必了。范沃爾的吼聲就像乘風起飛的波音飛機。所以它沒死？」

「向你保證，我沒把它揣在懷裡偷偷搬走，」康南特立刻回嘴。「我最後一次看到那裂開的頭骨時，它像壓扁的毛毛蟲般滲出綠色黏液。醫生才說我們的法則對它沒用，它不是地球上的東西。好吧，它是個異世界的怪物，從表情看來有著異世界的性格，正頂著一顆被劈開的腦袋，腦漿四溢，在營地裡到處遊蕩。」

諾里斯和麥克雷迪出現在門口，旁邊擠滿其他冷得發抖的人們。「有人看到它過來這邊嗎？」諾里斯天眞地問。「大約四英尺高，三隻紅眼睛，腦漿四溢。嘿，有任何人檢查過，確定這不是一個瘋狂的玩笑？如果是的話，我想我們會把布萊爾的寵物綁在康南特的脖子上，就像《古舟子詠》[3]裡的信天翁一樣。」

3 《古舟子詠》是英國詩人柯勒律治於一七九八年發表的敘事長詩。

「這不是玩笑，」康南特顫抖地說。「老天，我真希望它是。我寧願它是——」他停了下來。通道傳來一陣狂野怪異的嗥叫聲。人們驟然僵住，轉了半身過去。

「我想它被找到了，」康南特話說完了。他深邃雙眼飄移著，帶有一種古怪的不安。他奔向自己位於天堂小屋的床鋪，幾乎立刻帶著一把沉重的點四五左輪手槍和冰鎬回來。當他走向通往狗屋的通道時，慢慢舉起手中這兩樣東西。「它慌慌張張走錯通道，陷入一群哈士奇當中。你們聽，那些狗掙脫了鏈條——」

狗群有些驚恐的嗥叫變成瘋狂追獵的混戰。狗叫聲在狹窄通道裡如同雷鳴巨響，中間傳來一種帶有憎恨的低沉怒吼。一聲尖叫哀嚎，十幾聲疼痛咆哮。

康南特趕了過去。麥克雷迪緊跟在後，然後巴克萊和蓋瑞指揮官也來了。其他人衝去指揮中心。龐羅伊負責照料大磁鐵營地的五頭牛，他往通道反方向走去，心想自己有一把六英尺的長尖齒乾草叉。

巴克萊停了下來，因爲麥克雷迪巨大的身軀突然轉離通住狗屋的通道，朝某個方向消失而去。機械工猶豫了一會兒，滅火器在兩手間交替徘徊著。最後他決定跟著康南特寬闊的背影走。不論麥克雷迪心中有何計畫，相信一定會讓它發揮作用。

康南特在通道轉角處停下，喉嚨突然發出嘶嘶喘息聲。「我的天啊——」左輪手槍爆發巨響；三聲令人耳鳴的強大震波響徹通道。再來兩聲。左輪手槍掉落在走道堅硬的積雪上，巴克萊看到冰鎬被拿成防禦姿勢。康南特強壯的身軀擋住了視線，但他在後面聽到有東西在喵喵叫，還有瘋狂的咯咯笑聲。狗群比較安靜了，牠們的低吼透露出一種要命的認真。利爪在堅硬的積雪上刨抓，斷裂的鏈條糾纏得叮噹作響。

康南特突然側過身，巴克萊這下可以看到遠端的狀況。他呆立了幾秒，然後爆了一聲粗口。那東西撲向康南特，壯碩的康南特揮舞著冰鎬鋤頭面，砍中看似一隻手的東西。它難看地蜷縮在地上，被五、六隻哈士奇撕爛的肉體又跳了起來。紅色眼睛燃燒著一種異世界的忿恨，一種怪異又殺不死的生命力。

巴克萊拿滅火器噴它；那足以讓人失明、充滿泡沫的化學噴液困住了它，再加上哈士奇狂野的攻擊，牠們不再畏懼那曾經活著，或能夠死而復生的東西，將它團團圍住。

狹窄通道塞滿到不了現場的人，麥克雷迪將人推開擠了過去。他有個預先計畫好的攻擊行動，古銅色手中握著一個用來加熱飛機引擎的巨大火焰噴槍。他朝角落打開閥門，爆出一陣猛烈的呼嘯。發狂的喵喵聲伴隨著響亮的嘶嘶聲。狗群從三英尺長的藍色火焰中爬了回來。

「巴克萊，找一條電纜來，想辦法接上電。還要一個手柄。如果沒辦法燒成灰，我們還可以電死這怪物。」麥克雷迪的話語充滿胸有成竹的威嚴。巴克萊沿著長通道走去發電機，但諾里斯和范沃爾已經搶在前面跑去。

巴克萊在通道牆上的電氣儲藏櫃找到電纜。不到半分鐘，他帶著電纜去發電機那裡。當緊急備用的柴油發電機開始啓動時，范沃爾大聲警告：「電來了！」現在五、六個人也到那裡；引火物被放進蒸汽發電機的煤炭燃燒室。諾里斯以低沉單調的語氣咒罵著，兩手迅速接下巴克萊拿來的電纜另一端，將它接到電源接頭上。

巴克萊到達通道轉角時，狗群已經撤退，從那瞪著邪惡紅眼、在受困的忿恨中喵喵叫的發狂怪物面前往後退。狗群圍成半圓，口鼻染成紅色，露出閃亮的利牙，牠們發出急切兇狠的低嗥，幾乎能和那狂暴的紅眼相匹敵。麥克雷迪自信地站在轉角處警戒，手中提著呼呼作響的噴槍，隨時準備採取行動。他在巴克萊過來時讓到一邊，視線沒從那怪物身上移開過。一抹緊繃的微笑掛在他瘦削的古銅色臉孔上。

通道傳來諾里斯的呼喊，巴克萊往前走去。電纜用膠帶黏在一把雪鏟的握柄上，兩條導線分開，用一塊綁在握柄遠端的木頭將末端隔開十八英寸。裸露的銅線充滿兩百二十伏電壓，在汽化燈照射下閃閃發光。那東西喵喵叫著，蹣跚地左閃右躲。麥克雷迪來到巴克萊身旁。遠處訓練有素的哈士奇似乎心領神會意識到這計畫。牠們的低嗥變得更尖銳、更輕聲，碎步移到更接近的地方。一隻龐然黑狗突然躍向被困住的那東西。牠立刻高聲嚎叫，軍刀般的利爪猛烈揮砍。

巴克萊往前一躍，猛然一刺。怪異尖叫頓時響起，然後逐漸窒息無聲。通道裡肉體燒焦的氣味來愈濃，油膩煙霧冉冉升起。柴油發電機傳來的迴響變成砰砰重擊。

混濁紅眼躺在一張僵硬扭曲的滑稽臉孔上，看似手腳的肢體不斷顫抖抽搐。狗群向前衝去，巴克萊抽回他的武器。雪地上的那東西動也不動，被閃亮利牙撕裂開來。

第六章

蓋瑞環視擁擠的房間。三十二個人，有些人緊張地靠牆站，有些人心有餘悸鬆了口氣，有些人坐著，大部分人寧可站著，就像沙丁魚擠在一起。三十二個人，加上負責幫狗縫合傷口的五個人，總共三十七個人。

蓋瑞開始講話。「好吧，我想人到齊了。有些人——最多四、五個人——看到發生的事。你們都看過桌上那東西，應該大致有個概念。如果有人還沒看過，我可以打開——」他的手摸索到桌上裹住那東西的一大包防水布。一股肉燒焦的刺鼻味從裡面滲出。人們拚命搖頭，匆忙否認。

「看來查諾克沒辦法再當領頭狗了，」蓋瑞繼續說。「布萊爾想研究這東西，同時做一些更詳細的檢查。我們需要知道發生的情況，並確保這東西現在已經永久、完全死了。對吧？」

康南特咧嘴笑了。「有任何人不同意的話，今晚可以跟它一起熬夜。」

「那麼，布萊爾，你對此有何評論？它到底是什麼？」蓋瑞轉向小個子生物學家。

「我懷疑我們是否見過它天生的形態。」布萊爾看著被覆蓋的大包東西。「它也許模仿了建造太空船的生物，但我不這麼認為。我覺得那是它眞正的形態。靠近轉角的那些人看到它的行爲，成果就擺在桌上。顯然，它解凍之後開始到處觀察。南極洲依舊處於冰封狀態，就像那生物多年前首次看到的一樣——然後遭到冰凍。根據我在它解凍時的觀察，還有那些切下的組織立刻變硬，我認爲它來自一個比地球更熱的星球。它天生的形態經不住這種低溫。地球上沒有任何生命形態能熬得過南極的冬天，但最佳的折衷對象是狗。它發現狗群，想辦法接近並逮住查諾克。其他的狗嗅到或聽到它——我不知道——反正就是讓牠們抓狂了，掙脫鏈條，在它還沒完成之前攻擊它。我們看到的東西有部分是查諾克，很古怪地只死了一半，部分查諾克被那生物的膠狀細胞質消化了一半，我們最初發現那東西剩下的部分則融化成基本細胞質。

「當狗攻擊它時，它就轉變成所能想到最好進行戰鬥的東西。顯然就是變成另一個世界的野獸。」

「轉變，」蓋瑞立刻問。「怎麼轉變？」

「所有生物都由膠狀的細胞質，以及被稱爲細胞核的微小、超顯微東西構成，細胞核控制著主要部分的細胞質。這東西只是大自然通則裡的一個變異，它的細胞依然由細胞質構成，由無限小的細胞核控制著。你們物理學家可以把任何活體的單一細胞比擬成原子。原子佔據空間的主要部分由電子軌道構成，但物質特性由原子核決定。

「這並沒有遠遠超過我們已知的範圍。它只是我們尚未見過的一種變異，跟其他生物表現得一樣自然，而且合乎邏輯。它遵循的是相同法則，細胞由細胞質構成，性質由細胞核決定。

「只是在這生物中，細胞核可以任意控制那些細胞。它消化掉查諾克，並在消化時學習牠身體組織的每個細胞，然後塑造自己的細胞來完全模仿它們。它的某些部分，就是那些來得及完成轉變的部分，變成了狗的細胞。但它們不具備狗的細胞核。」布萊爾掀起小部分防水布，一條被撕裂的狗腿露了出來，上面覆蓋著僵硬的灰色毛皮。「例如，這不完全是狗，它是仿造出來的。某些部分我就不確定，細胞核隱藏了起來，用仿造的狗細胞核遮掩住。然後隨著時間演進，甚至在顯微鏡下也看不出其中差異了。」

「假設，」諾里斯問了個殘酷的問題，「如果它有很多時間呢？」

「那麼它就變成了一隻狗，其他狗會接受它，我們也會視它如狗。我不認為有任何東西可以辨識它，不管是顯微鏡、X光或任何其他手段。這是一個極其聰明的種族，它們懂得生物學最深奧的秘密，轉而加以利用。」

「它打算做什麼？」巴克萊看著隆起的防水布。

布萊爾露出不怎麼愉快的笑容，光禿頭頂那圈稀疏頭髮在騷動空氣中搖擺。「接管這世界，我猜。」

「接管這世界！就憑它一己之力？」康南特倒抽口氣。「把自己設定爲孤單的獨裁者？」

「不，」布萊爾搖搖頭。瘦削手指拿的解剖刀掉了下去，他彎腰去撿，所以說話時看不到他的臉。「它將變成這世界的所有生物。」

「變成——這世界的所有生物？它會無性生殖嗎？」

布萊爾搖搖頭，吞了吞口水。「它——不必如此。它重八十五磅[4]，查諾克大約重九十磅。它只差八十五磅就能完成變成查諾克，或者變成——嗯，例如傑克或奇努克這些其他的狗。它可以模仿任何東西，也就是說，可以變成任何東西。如果它到達南冰洋，它可能變成一隻海豹，也許兩隻。它們或許會攻擊一條殺人鯨，然後也變成殺人鯨，或者一群海豹。或者它可能捕捉到一隻信天翁或賊鷗，然後飛去南美洲。」

諾里斯輕聲咒罵。「每次它消化掉某個東西，然後就模仿它——」

「它會保留自己原本的大部分，然後重新開始，」布萊爾解釋完了。「沒什麼能殺死它。它沒有天敵，因為它能變成任何想

4 一磅約零點四五公斤。

要變成的東西。如果一條殺人鯨攻擊它，它就變成一條殺人鯨。如果它是一隻信天翁，老鷹來攻擊它，它就變成一隻老鷹。老天，也許它還變成一隻母鷹，回去築巢生蛋呢！」

「你確定那糟糕的東西已經死了嗎？」庫柏醫生輕聲問。

「是的，感謝上帝，」小個子生物學家喘了口氣。「他們把狗牽走以後，我站在那裡用巴克萊的電擊器捅了它五分鐘。它死透了，煮熟了。」

「所以我們只能慶幸這裡是南極，除了營地裡的動物之外，沒有任何獨自隱居的活生生動物可以讓它模仿。」

「還有我們，」布萊爾咯咯傻笑。「它能模仿我們。狗沒辦法跑四百英里到海邊，路上沒食物。這季節沒有任何賊鷗可以模仿，這麼遠的內陸也沒有企鵝。沒任何東西能從這地點去到海邊

——除了我們。我們有腦袋，可以想辦法做到。你沒想到嗎？它必須模仿我們，它必須變成我們其中一員，那是它能駕駛飛機的唯一方法，飛個兩小時去統治——去變成地球上的所有居民。一個等它奪取的世界——如果它模仿我們！

「它還不了解這點，還沒機會得知。它倉促行動，匆忙捕捉最接近自己身體大小的東西。瞧，我是潘朵拉！我打開了盒子！裡面僅存的希望就是——別放任何東西出去。你們沒看到，我都做好了，牢牢封住了。我砸壞所有磁電機。沒有一架飛機還能飛，沒任何東西可以飛。」布萊爾咯咯笑著，然後躺到地板上哭泣。

首席飛行員范沃爾往門外衝去，腳步迴響在通道裡慢慢消失，庫柏醫生不慌不忙彎腰看著地上的小個子。他從房間盡頭的辦公室拿東西來，把藥劑注射到布萊爾手臂上。「他醒來後也許就沒事了，」他嘆了口氣站起來。麥克雷迪協助他把生物學家搬到附近一張床鋪上。「這要取決於我們能否讓他相信那東西確實死了。」

范沃爾低頭走進房間裡，心不在焉梳理著自已濃密的金色鬍子。「我不認爲一個生物學家做事有多徹底。他漏掉了第二儲藏室裡的備品。沒關係，我把它們砸爛了。」

蓋瑞指揮官點點頭。「我不明白無線電的事。」庫柏醫生哼了一聲。「你不認爲它能乘著無線電波跑出去，對吧？如果停止無線電廣播，未來三個月內人們會有五次機會嘗試前來救援。現在該做的就是在廣播中正常講話，不要製造騷動。我想知道——」

麥克雷迪若有所思看著醫生。「它也許會像傳染病。只要沾到它的血——」

庫柏搖搖頭。「布萊爾遺漏了某件事。它雖然能模仿，但在一定程度上保有自己生物化學的特徵，也就是它自己的新陳代射。若不這樣的話，它就眞的變成一隻狗——而且只是一隻狗，僅此而已。它必須變成僞裝的狗。你可以透過免疫血清測試來檢測它。既然來自另一個世界，它的組成構造一定完全不同，那麼只需少許的細胞，例如從幾滴血取得的細胞，就會被狗或人的身體視爲一種病菌。」

「血液——那些模仿者會流血嗎？」諾里斯問。

「當然。血液沒什麼神秘的。肌肉有百分之九十是水，血液不同之處只是多了幾個百分比的水，少了一些結締組織。它們當然會流血。」庫柏向他保證。

布萊爾突然從床上坐起來。「康南特——康南特在哪裡？」

物理學家走向小個子生物學家。「我在這裡。怎麼了？」

「你是嗎？」布萊爾咯咯笑著。他躺回床上，蜷縮身子，帶著笑臉默不吭聲。

康南特茫然看著他。「啊？那我是什麼？」

「你真的是嗎？」布萊爾爆出一陣笑聲。「你是康南特嗎？那怪物想變成的是一個人，不是一隻狗。」

第七章

庫柏醫生疲憊地從床邊起身，仔細清潔皮下注射器。在擁擠房間裡，它發出的輕微叮噹聲聽起來很響亮，布萊爾的咯咯笑聲終於平靜下來。庫柏看著蓋瑞，緩緩搖頭。「恐怕沒希望了。我不認爲我們能說服他，說那東西現在死了。」

諾里斯半信半疑地笑了。「我不確定你能說服我。啊，該死的，麥克雷迪。」

「麥克雷迪？」指揮官蓋瑞轉頭好奇看著諾里斯，又看看麥克雷迪。

「關於惡夢，」諾里斯解釋。「我們發現那東西後在第二基地做的惡夢，他有一套理論。」

「你的想法是？」蓋瑞冷靜看著麥克雷迪。

諾里斯局促不安地搶著答話。「那生物沒死，而是以一種極爲緩慢的方式存活著，儘管如此，它能模糊意識到時間的逝去，察覺到歷經無數歲月後我們出現了。我曾夢到它能模仿人。」

「嗯，」庫柏咕噥著，「它的確可以。」

「別傻了，」諾里斯厲聲說。「這不是煩擾我的地方。在夢裡，它有讀心術，可以看穿一個人的思維、想法和舉止。」

「那很糟糕嗎？你似乎比較擔心這個，別忘了我們將和一個瘋子在南極營地共度歡樂時光。」庫柏朝布萊爾的睡姿點點頭。

麥克雷迪緩緩搖著頭。「你知道康南特就是康南特，因爲他不僅看起來像康南特——我們開始相信那怪物可以做到這點——而且他思考像康南特，講話像康南特，一舉一動都像康南特。這不僅需要一個看起來像他的身體，還需要擁有康南特的心靈、思維和習性。因此，雖然你知道那東西可以讓自己看起來像康南特，但不會太過擔心，因爲你知道它有個來自其他世界的心靈，一個完全非人類的心靈，不可能像我們認識的人那樣思考、講話和做出反應，甚至騙過我們好一陣子。若說那生物會模仿我們其中一員，這想法挺嚇人的，但不切實際，因爲它完全不像人，騙不了我們。它沒有人類的心靈。」

「我之前講過，」諾里斯重覆道，眼神堅定看著麥克雷迪，「你可以在最意想不到的時刻說出最意想不到的事。無論如何，可以請你別再這麼想嗎？」

探險隊的廚師，臉上有傷疤的金納，就站在康南特附近。他突然沿著擁擠的房間走向熟悉的廚房，吵鬧地敲掉爐子上的爐灰。

「如果只是看起來像它要模仿的東西，」庫柏醫生仔細思考後輕聲說，「對它沒什麼好處；它必須要理解那東西的感受和反應。它不是人類；它有超越人類所能想像的模仿能力。一個好演員透過訓練自己，能夠模仿另一個人和他的舉止，像到足以騙過大部分人。當然沒有一個演員能夠模仿到如此完美，可以騙過那些一起生活在南極營地毫無隱私下的同事。那需要超越人類的技巧。」

「喔，你也掌握到問題所在了？」諾里斯輕聲咒罵。

康南特站在房間一端，瘋狂環視四周，臉色蒼白。人們悄悄移動，漸漸往房間另一端擠過去，所以他獨自一人站在那兒。「我的天，你們兩位先知可不可以閉嘴？」康南特的聲音顫抖著。「我是什麼？你們在顯微鏡下解剖的某種樣本？你們用第三人稱討論的某個討厭蠕蟲？」

麥克雷迪抬頭看他，緩緩搓揉的雙手一時停了下來。「願你度過美好時光，我們會想你的。對吧，各位。康南特，如果你認爲自己現在處境艱困，只要暫時移到另一個房間就好。你有一個我們沒有的東西；你知道答案是什麼。我要說的是，你現在是大磁鐵營地裡最令人畏懼和受到重視的人。」

「老天，眞希望你們看看自己的眼睛，」康南特喘息著說，「別再盯著我了，好嗎？你們到底要幹嘛？」

「庫柏醫生，有任何建議嗎？」蓋瑞指揮官鎮靜問道。「目前狀況糟透了。」

「喔，是嗎？」康南特怒氣沖沖說。「過來看看那群人。天啊，他們看起來就像圍著通道轉角的那群哈士奇。班寧，你別再舉著那該死的冰鎬好嗎？」

航空機械師神經質地把銅刀扔到地上。他立刻彎腰去撿，慢慢拿起，在手裡轉個方向，褐色眼睛不斷掃視房間。

庫柏醫生坐到布萊爾的床邊，木板在房間裡發出咯吱聲響。遠方通道傳來一隻狗痛苦的哀嚎，還有訓狗員們緊張的輕語聲。「如同布萊爾指出的，」醫生若有所思地說，「顯微鏡測試應該沒用，已經過了相當長的時間。不過，免疫血清測試將會很明確。」

「免疫血清測試？確切意思是？」指揮官蓋瑞問。

「如果一隻兔子注射了人類血液——當然，那對兔子來說是一種毒物，除非是另一隻兔子的血液，否則任何動物的血液都一樣——注入劑量持續增加一段時間，兔子就會對人類血液產生免疫。如果抽出兔子的少量血液，放到試管裡分離出血清，再加一滴人類血液就可以看到免疫反應，證明那血液是人類的。如果加入牛或狗的血液，或任何含有非人類血液的蛋白質，就不會產生免疫反應。這就能提供明確的證明。」

「醫生，能否告訴我，從哪裡可以幫你抓到一隻兔子？」諾里斯問。「也就是說，要比澳洲更近的地方；我們不想浪費時間到那麼遠的地方。」

「我知道南極沒有兔子，」庫柏點頭說，「不過那是很普通的動物。只要不是人的動物都可以，比如一隻狗。但測試要花幾天的時間，同時因爲狗的體格較大，需要更多人的血液。我們需要兩位捐血者。」

「我可以嗎？」蓋瑞問。

「這樣就有兩個人了，」庫柏點點頭。「我會立刻著手進行。」

「在此同時，那麼康南特呢？」金納問道。「爲他做飯之前，我要先走出那扇門，動身前往羅斯海[5]。」

康南特爆出一連串咒罵。「人類！我也許是人類，你們這些該死的傢伙！你們到底認爲我是什麼？」

5 羅斯海是南極洲的一個大海灣，是地球上最南部的海。

「一個怪物，」庫柏厲聲回答。「現在閉嘴聽著。」當指控被說出來時，康南特臉色蒼白，重重坐到地上。「直到我們搞清楚前——你心裡跟我們一樣明白，我們有理由質疑這件事，並且只有你知道答案——我們很合理地希望把你關起來。如果你不是人類，你比可憐的布萊爾還要危險，而且我還能看到他被好好鎖住。我預測他下一個階段會很想把你殺掉，以及所有的狗，也許還包括我們所有人。當他醒來時，他會相信我們全都不是人類，不管怎樣都無法讓他改變這想法。讓他死了還比較仁慈，當然我們不能這麼做。他會被鎖在一間小屋子裡，你可以跟你的儀器待在宇宙小屋。這就是你無論如何都得做的事。我要去找幾隻狗做安排。」

康南特不痛快地點點頭。「我是人類。快點完成測試。你們的眼睛——老天，真希望你們能看到自己瞪我的眼神——」

蓋瑞指揮官焦急看著訓狗員克拉克抱來大隻棕色哈士奇，庫柏開始注射作業。狗不怎麼願意配合，扎針會痛，那天早上牠已經受夠針線。從肩膀劃過半個身子到肋骨的傷口被縫了五針。一根長犬齒只剩半截，斷掉的那截被發現插在指揮中心桌上那怪物的肩胛骨裡。

「需要多久時間？」蓋瑞問，同時輕壓自己手臂。庫柏醫生用來抽血的針扎在手臂上很痛。

庫柏聳聳肩。「老實說，我不知道。我知道大概的方法，曾經用在兔子身上。但我不曾在狗身上試驗過。牠們是又大又難指使的動物，一般來說兔子自然比較適合。在文明世界，你可以從供應商購買一些對人類免疫的兔子，沒多少研究者會不厭其煩自己準備。」

「爲什麼他們要買回去？」克拉克問。

「犯罪學是個廣大的領域。A說他沒有謀殺B，他襯衫上的血跡是殺雞時沾到的。於是他們做一個測試，然後輪到A得解釋，爲什麼血跡在對人類免疫的兔子身上有反應，在對雞免疫的兔子身上卻沒反應。」

「這段時間，我們要拿布萊爾怎麼辦？」蓋瑞疲憊地問。

「讓他在目前地方睡一會兒是沒問題，但當他醒過來時——」

「巴克萊和班寧在宇宙小屋的門上安裝了一些門栓，」庫柏嚴肅回答。「康南特表現得相當配合。我想或許其他人看待他的方式讓他更想獨處。天知道，在此之前，我們每個人都期望能擁有一點點隱私。」

克拉克苦笑著。「僅此而已，謝謝。當然越多越好。」

「布萊爾，」庫柏繼續說，「也必須獨處，而且要上鎖。他醒來時，心裡會有非常明確的計畫。有沒有聽過如何預防牛口蹄疫這疾病的老故事？

「若能根除眼前所有口蹄疫疾病，未來就不會再有口蹄疫疾病，」庫柏解釋道。「你要擺脫它，就得殺掉任何出現病症的動物，以及所有曾經接近生病動物的動物。布萊爾是個生物學家，一定知道那故事。他害怕我們釋放出來的這東西，也許答案在他心中已經非常清楚。趁著賊鷗或信天翁隨春天來到這裡，並有機會將疾病帶出去之前，殺死這營地裡所有的人和動物。」

克拉克嘴角露出扭曲的笑容。「對我來說，聽起來滿合理的。如果情況變得不可收拾，或許我們把布萊爾放出來還比較好。那可以省得我們要自殺。我們也得做好約定，如果情況變糟了就不得不這麼做。」

庫柏輕聲笑著。「大磁鐵營地最後存活的人——也許不是人，」他指出。「必須有人殺死那些——你知道的，不想殺死自己的生物。我們沒有足夠的鋁熱劑一次完成這件事，癸烷炸藥也起不了太大作用。我有一個想法，那些生物即使碎成小塊也能自給自足活下去。」

「如果，」蓋瑞深思地說，「它們能任意改變自己的細胞質，爲什麼不直接變成鳥飛走就好？它們能讀取有關鳥的知識，甚至沒見過鳥也能模仿它們的結構。或者，模仿它們自己星球的鳥。」

庫柏搖搖頭，同時幫克拉克解開狗。「人類幾世紀以來都在研究鳥，嘗試學習如何做出像它們一樣飛行的機器。人類從沒找到竅門，最後完全放棄了，並嘗試新的方法才能成功飛行。知道一般性概念，和知道翅膀、骨骼與神經組織的詳細結構，是截然不同的兩回事。至於異世界的鳥類，也許，而且非常有可能的是，地球的大氣條件差異極大，它們無法在這裡飛行。甚至那生物或許來自火星這類空氣稀薄的星球，那裡根本沒有鳥。」

巴克萊拖著一段飛機操控纜繩走進屋裡。「完了，醫生。宇宙小屋沒辦法從裡面打開。現在我們要把布萊爾關在哪裡？」

庫柏看著蓋瑞。「營地沒有生物學專用的小屋。我不知道可以把他關在什麼地方。」

「東儲藏室如何？」蓋瑞想了一會兒說。「布萊爾可以照料自己，或者他需要別人看顧？」

「他有能力照料自己。我們才是他要提防的人，」庫柏嚴肅地向他保證。「帶個爐子，幾袋煤炭，必要的補給品和一些修繕工具。去年秋天以後就沒人去過那裡，對吧？」

蓋瑞搖搖頭。「如果他會吵鬧，我認爲這是個好主意。」

巴克萊舉起手中工具，抬頭看著蓋瑞。「如果他現在喃喃自語是個徵兆的話，那麼整個晚上就會喊個不停。他不會喜歡腦中浮現的東西。」

「他講了什麼？」庫柏問。

巴克萊搖搖頭。「我沒留意聽多少。如果你願意的話可以去聽。但我猜那腦袋壞掉的白癡做了跟麥克雷迪一樣的夢，或許還更多。別忘了，我們逗留在第二磁極過來的路上時，他就睡在那東西的旁邊。他夢到那東西是活的，還夢到更多細節。而且，該死的他知道那不全然是夢，或有理由相信不是。他知道它有心靈感應的能力，同時正在暗暗運作，它不僅有讀心術，還能投射想法。你看，它們不是夢。它們是那東西散播出來的片段思維，就像布萊爾現在散播他的思維一樣，一種沉睡時心靈感應的喃喃自語。這就是爲什麼他對那東西的力量了解甚多。醫生，我猜你跟我沒那麼敏感——如果你願意相信心靈感應的話。」

「我不得不信，」庫柏說。「杜克大學的萊因博士已經證明它存在，證明有些人就是比其他人更容易感受到。」

「好吧，如果你想了解更多細節，去聽聽布萊爾喃喃自語的內容。他把大部分人趕出指揮中心；金納的平底鍋被弄得嘎嘎響，就像煤炭滑到溝槽一樣吵鬧。他若無法讓平底鍋發出聲響，就會去敲打爐灰。

「此外，指揮官，這個春天我們要做什麼？現在飛機已經不能飛了。」

蓋瑞嘆口氣。「戶外探險任務恐怕要以失敗收場。我們現在不能分散人力。」

「如果我們繼續活下去，並且走出目前的困境，也不算是一場空，」庫柏向他保證諾。「只要情況在控制之下，我們目前爲止做的研究還算夠重要。宇雷射線的數據收集、磁極觀察和大氣觀察都不會受到太大阻礙。」

蓋瑞笑得不怎麼開心。「我才想到無線電廣播。告訴半個世界的人關於我們飛行探索的精彩成果，試圖欺騙像柏德和艾爾斯沃茲那些在家鄉的人，讓他們相信我們正在做某件事。」

庫柏沉重地點點頭。「他們會知道出問題了。但他們那種人有足夠判斷力，知道我們不會無緣無故耍花招，並等我們回去後把事情說清楚。我認爲情況是這樣的：那些足以了解我們設下騙局的人，會等我們回去以後再說。沒有足夠判斷力和信念的人，就不具有相關經驗可以察覺到騙局。我們對這裡的環境了解夠多，可以好好唬弄一番。」

「這樣他們就不會派出『救援』遠征隊了，」蓋瑞祈禱說。「當我們——如果有機會——準備好出去，就會傳話給福賽斯船長，請他過來時帶一些磁電機。但如果——就當我沒說。」

「你要說如果我們不打算出去？」巴克萊問道。「我想知道如果透過無線電廣播，對火山爆發或地震做一場精彩的實況轉播，再拿一根癸烷炸藥放在麥克風下當結局，這樣是否有用。當然，沒辦法完全將人阻擋在外面。不過，若有一個誇張而戲劇化的『最後存活的一個人』出現，也許能讓他們很快就離開。」

蓋瑞露出幽默的微笑。「營地裡每個人都在嘗試想辦法嗎？」

庫柏笑出聲了。「你認爲呢，蓋瑞？我們有信心可以勝出。不過我想那並不容易。」

克拉克正安撫著那隻狗，他抬頭露齒而笑。「醫生，你是說信心嗎？」

第八章

布萊爾不安地在小屋裡走來走去。他的眼睛左溜右轉，眼神曖昧，掃視身旁四個人；巴克萊，身高六英尺，體重超過一百九十磅；麥克雷迪，一身古銅色的壯漢；庫柏醫生，個子不高，矮胖有力；還有班寧，身高五英尺十英寸，精瘦結實。

布萊爾蜷縮在東儲藏室的遠端牆邊，裝備堆在小屋中央暖爐旁的地板上，在他和四人之間形成一座孤島。他瘦削的手指握緊顫抖，充滿恐懼。蒼白雙眼閃爍不安，長雀班的禿頂腦袋像鳥一樣晃動著。

「我不想讓任何人來這裡，我會自己做飯，」他神經兮兮地說。「金納也許現在還是人類，但我不相信。我終究會離開這裡，但不會吃你們送來的任何食物。我要罐頭，密封的罐頭。」

「沒問題，布萊爾，我們今晚會拿過來，」巴克萊答應。

「你有煤炭，火已經升好。我會做最後的——」巴克萊往前走。

布萊爾立刻跑到更遠角落。「走開！別靠近我，你這怪物！」小個子生物學家尖叫著，想用手掌刨開牆壁逃出去。「別靠近我——走開——我不會被同化——我絕不會——」

巴克萊解開動作退了回來。庫柏醫生搖搖頭。「別管他，巴克萊。讓他自己收拾還比較簡單。我想，我們得把門固定好——」

四個人就這樣出去了，班寧和巴克萊立刻開始工作。這裡沒門鎖，因爲在南極不需要什麼隱私。不過他們在門框兩邊牢牢鎖上螺絲，拿備用的飛機控制纜繩跨過門板緊緊綁住，那是非常堅韌的編織鋼絲。巴克萊拿了鑽孔機和鎖眼鋸開始動工，一會兒就在門板上開了小活門，東西可以透過這裡送進去而不必開門。他們用儲物箱拆下的三個堅固鉸鏈、兩個鎖扣和一對三英寸插銷裝在活門上，防止它從裡面被打開。

布萊爾在屋裡不安地到處走動。他氣喘吁吁拖了個東西到門邊，嘴裡喃喃自語瘋狂咒罵。巴克萊打開活門朝裡面瞄了一眼，庫柏醫生越過他肩頭盯著瞧。布萊爾把笨重的床舖移來擋住門口，這下子他若不配合就根本開不了門。

麥克雷迪嘆了口氣。「他曾公然宣稱要立刻殺死我們每個人，放他出來是我們不能允許的事。但我們這邊有比一個有殺人傾向的瘋子更麻煩的事。如果有人逃脫了，我就會過來解開那些纜繩。」

巴克萊笑了笑。「到時讓我知道，我會告訴你怎樣能夠快速解開。我們回去吧。」

儘管距離日出還有兩小時，太陽仍在北方地平線上描繪出繽紛的彩虹。積雪大地被風往北吹掃，在火焰般的色彩照耀下反射出萬紫千紅的光輝。北方地平線上有個白色圓形矮丘，顯示磁山幾乎裸露在被風橫掃的積雪上。當他們出發前往兩英里外的主營地時，風吹起的小雪渦在他們滑雪板下打轉。廣播用的無線電天線像蜘蛛腳般，在雪白的南極大陸上立起一根根細長黑針。滑雪板下的雪就像細小堅硬的砂礫一樣。

「春天來了，」班寧苦澀地說，「我們一點也高興不起來！我一直期盼離開這該死的冰牢。」

「如果我是你，現在就不會做這嘗試。」巴克萊咕噥道。

「未來幾天若有人要從這裡出發離開，將會非常不受歡迎。」

「庫柏醫生，你的狗狀況如何？」麥克雷迪問。「有任何結果了嗎？」

「不到三十小時？希望有。我今天給牠注射了我的血，但應該還要再過五天。我無法確切知道多快可以停止注射。」

「我一直在想，如果康南特變成怪物了，他會在那動物逃跑後那麼快就告訴我們？難道他不等夠長的時間讓它有機會修復自己？例如等到我們自然睡醒？」麥克雷迪緩緩問道。

「那東西只顧自己。你不會認爲它看起來有多公平，對吧？」庫柏醫生指出。「它的每個部分就它的全部，每個部分都只爲自己，我是這麼認爲。如果康南特已經變怪物了，爲了自身能逃脫就必須這麼做，但康南特的感受並沒有改變，這感受要嘛就是完美模仿的，要嘛就是他自己的。那個僞造的、完美模仿的康南特感受，自然會做康南特原本會做的事。」

「我說，不能請諾里斯或范沃爾給康南特做些測試嗎？如果這東西比人類聰明，它應該比康南特知道更多關於物理的知識，而他們就可以揪出破綻。」巴克萊建議。

庫柏疲倦地搖搖頭。「如果它能看穿心思就沒辦法。你不能爲它設下陷阱。范沃爾昨晚就提過這建議，希望它能回答一些他想知道答案的物理問題。」

「這個『四人一起行動』的構想還眞打算讓生活開心一

點。」班寧看著他的同伴。「我們每個人都注意著其他人，確保他不會做奇怪的事。老兄，我們不就是要成爲彼此信賴的伙伴！每個人都展現最大的信任看著他身旁的人。我開始了解康南特在說『希望你們看看自己眼睛』指的是什麼，我想我們不時都會遇到相同情況。你們其中一人環顧四周時會有一種『我懷疑其他三人是不是人類』的眼神。附帶一提，我沒把自己排除在外。」

「據我們所知，那動物已經死了，只是對康南特有些小小顧忌，沒有其他人受到懷疑，」麥克雷迪緩緩說著。「這『四人一起行動』的命令只是預防性措施。」

「我還等著蓋瑞下令『四人睡一張床』呢，」巴克萊嘆口氣。「以前認爲自己沒有任何隱私，但自從下達這命令後——」

沒有人比康南特更緊張看著。一個小小的無菌玻璃試管，裝了半管稻草色液體。庫柏醫生從康南特手臂上抽來血液，一、二、三、四、五滴。試管經過小心搖晃，放到一個裝溫水的乾淨大杯子裡。溫度計讀取血液溫度，一個小恆溫器發出吵雜的泮嗒聲，電熱板開始加熱，電燈微微閃爍。

然後，白色微粒的沉澱物開始形成，在稻草色液體中飄落下來。「感謝上帝，」康南特說。他重重倒在一張床上，哭得像個孩子。「六天了——」康南特啜泣著，「六天待在那裡——想知道該死的測試會不會撒謊——」

蓋瑞默默走過去，手臂滑過物理學家的背。

「它不會撒謊，」庫柏醫生說。「那隻狗現在對人類免疫……血清產生了反應。」

「他是——對吧？」諾里斯倒抽一口氣。「還有——那動物死了——永遠死了？」

「他是人類，」庫柏斬釘截鐵地說，「而且那動物死了。」

金納突然大笑，笑得歇斯底里。麥克雷迪轉向他，有條不紊地劈啪、劈啪甩他兩巴掌。廚師笑得喘不過氣，哭了一會兒，然後起身揉著臉頰，含糊說著心中的感謝。「我很害怕。上帝，我眞的很害怕——」

諾里斯不懷好意笑著。「你認爲我們不是人類，你這惡劣傢伙？你認爲康南特也許不是人類？」

指揮中心頓時喚醒了活力，響起一片歡笑聲，人們圍繞康南特，用不必要的大嗓門說話，緊張不安的語調獲得友善的舒解。有人提出一個建議，於是十幾個人拿起滑雪板。布萊爾。布萊爾也許恢復正常了。庫柏醫生鬆了口氣，趕緊拿著試管去測試其他溶液。前往布萊爾小屋的人們在門外出發，滑雪板發出響亮拍擊聲。當興奮舒緩的氣氛沿著通道傳播過去時，狗群發出輕快的吠叫。

庫柏醫生專心看著他的試管。麥克雷迪首先注意到他，坐在床舖邊緣，手裡拿著兩管有白色沉澱物的稻草色液體，他的臉色比沉澱物還白，淚水悄悄從那驚恐睜大的眼睛滑落。

麥克雷迪感覺到恐懼如同冰冷的刀子刺進心臟，停留在胸口。庫柏醫生抬起頭來。

「蓋瑞，」他嘶啞喊著。「天哪，蓋瑞，趕快過來。」

蓋瑞指揮官立刻向他走去。指揮中心一片寂靜。康南特抬起頭，僵硬地站了起來。

「蓋瑞，從那怪物身上取來的組織，也產生了沉澱物。這測試證明不了什麼，只證明了那隻狗對怪物也有免疫。兩個捐血者之中——蓋瑞，你和我之中——有一個人是怪物。」

第九章

「巴克萊，趁那些人還沒告訴布萊爾之前，把他們叫回來。」麥克雷迪輕聲說。巴克萊走去門外，微弱叫喊聲傳回房間裡緊繃而沉默的人們耳中。然後他回到屋子裡。

「他們來了，」他說。「我沒告訴他們爲什麼，只說庫柏醫生交待不要過去。」

「麥克雷迪，」蓋瑞嘆口氣，「現在由你負責指揮。願上帝保佑你。我實在沒辦法。」

一身古銅色的壯漢緩緩點頭，深邃眼睛看著指揮官蓋瑞。

「我也許是個怪物，」蓋瑞說道。「我知道自己不是，但我沒任何方法可以向你證明。庫柏醫生的測試失敗了。事實上，他證明測試是無效的，若不讓人知道這是無效的反而對怪物有利，因此似乎也證明了他是人類。」

庫柏醫生在床鋪上慢慢地左搖右晃。「我知道我是人類，也一樣無法提出證明。我們倆其中有人在說謊，因爲測試不會說謊，它顯示我們其中之一是怪物。我提出證明說這測試出了差錯，似乎證明我是人類；而現在蓋瑞提出論證說這就證明我是人類，如果他是怪物的話，應該也不會這麼做。就這樣論證來，論證去，一直不斷兜圈子——」

庫柏醫生的腦袋、脖子和肩膀隨著話語開始慢慢打轉。突然，他躺到床上，哈哈大笑。「沒必要證明我們其中之一是怪物！根本沒必要證明！啊哈。就算我們都是怪物，論證結果還是一樣！我們都是怪物，我們所有人——康南特、蓋瑞和我——還有你們全部的人。」

「麥克雷迪，」金色鬍子的范沃爾，那位首席飛行員輕聲喊道，「你從事氣象工作時，不是快拿到醫學博士學位？你能不能做些測試？」

麥克雷迪慢慢走去庫柏身邊，從他手中拿起皮下注射器，用百分之九十五的酒精仔細清洗。蓋瑞一臉木然坐在床邊，面無表情看著庫柏和麥克雷迪。「庫柏說的是有可能，」麥克雷迪說。「范沃爾，可以過來幫個忙嗎？謝謝。」裝滿藥劑的注射器扎進庫柏的屁股上。他的笑聲並沒停止，但慢慢轉變成啜泣，然後聽起來是睡著了，嗎啡發揮了藥效。

麥克雷迪再次轉身。那些要出發去找布萊爾的人站在房間遠端，滑雪板滴著雪水，臉色就跟滑雪板一樣蒼白。康南特兩手各拿一支點燃的香菸，心不在焉抽著其中一支，眼睛盯著地板。左手香菸的灼熱引起他注意，於是瞪著它看，然後又傻呼呼地瞪了一會兒另一隻手中的香菸。他丟掉其中一支菸，用鞋跟慢慢踩熄它。

「庫柏醫生說的可能沒錯，」麥克雷迪重覆道，「我知道我是人類，不過當然沒辦法證明。我會照著做測試，看看自己的結果。你們任何人只要想做都可以來做。」

兩分鐘後，麥克雷迪拿著一個試管，稻草色血清裡有白色沉澱物飄落。「它對人類血液也有反應，所以他們不會兩個都是怪物。」

「我不認爲他們都是，」范沃爾嘆口氣。「這狀況不符合兩個都是怪物；如果我們知道的話早就消滅它們了。你認爲怪物爲什麼沒消滅我們？它似乎有些鬆懈。」

麥克雷迪哼了一聲，然後輕輕笑著。「很簡單，我親愛的華生。怪物想擁有可利用的活體。顯然，它沒辦法讓一個屍體動起來。它只是在等待，等待最好的機會來臨。我們這些剩下的人類是它保留的備品。」

金納渾身顫抖起來。「嘿，嘿，麥克，如果我變成怪物的話，自己是否會知道？如果怪物已經逮到我，我是否會知道？天啊，我可能已經是個怪物。」

「你會知道的。」麥克雷迪回答。

「但我們不知道，」諾里斯笑了一聲，有一點歇斯底里。麥克雷迪看著藥水瓶裡剩下的血清。「這驚人的東西可以用來做一件事，」他沉思地說。「克拉克，你跟范沃爾可以來幫我嗎？其他人最好都全部待在這裡，彼此互相留意，」他說得很明白。「希望你們別惹是生非，可以這麼說嗎？」

麥克雷迪走向通往狗屋的通道，克拉克和范沃爾跟在後面。

「你需要更多血清嗎？」克拉克問。

麥克雷迪搖搖頭。「去做測試。那兒有四頭乳牛和一頭公牛，還有將近七十隻狗在裡面。這東西只對人血和怪物有反應。」

麥克雷迪回到指揮中心後，不發一語走去洗手台。一會兒之後，克拉克和范沃爾也跟了過去。克拉克嘴角一抽，發出意想不到的冷笑。

「你們去幹什麼？」康南特突然開口。「找更多狗來做免疫血清？」

克拉克竊笑著，打了個嗝才停下來。「做免疫血清。哈！免疫狗很好。」

「那怪物相當有邏輯，」范沃爾鎮靜地說，「我們的免疫狗很好，我們又抽了一點免疫血清用來測試。但我們無法再製造血清了。」

「難道不能——不能把一個人類的血液注射到另一隻狗身上——」諾里斯問。

「那裡沒別的狗了，」麥克雷迪輕聲說，「附帶一提，也沒有牛了。」

「沒別的狗？」班寧緩緩坐下。

「它們開始變身時看起來非常噁心，」范沃爾明確地說，「但過程緩慢。巴克萊，你做的電擊器非常快速有效。現在只剩下一隻狗，就是我們的免疫狗。怪物把牠留給我們，讓我們繼續玩這微不足道的測試。至於其餘的——」他聳一聳肩，擦乾雙手。

「那麼，牛——」金納哽住了。

「也一樣。免疫反應非常明確。它們開始融化時，看起來眞該死的滑稽。那怪物被套在狗鏈或韁繩上時，沒辦法快速逃脫，因爲它必須模仿得像。」

金納慢慢站起來，掃視整個房間，然後視線停留在廚房一只錫桶上，兩眼顫抖十分厲害。他一步一步慢慢往門口退去，嘴巴默默一開一合，像一條離開水的魚。

「牛奶——」他喘息著說。「我在一小時前才去擠牛奶——」當他衝出門時，聲音轉爲尖叫。他沒穿上防水外套或厚重衣物就跑到外面冰雪中。

范沃爾若有所思看了他一會兒。「他也許絕望到發瘋了，」他最後開口，「但也可能是個要逃走的怪物。他沒帶滑雪板。我們最好帶個火焰噴槍，以防萬一。」

追逐的身體運動對他們有益，總得找些事情去做。其他三人病懨懨地默不吭聲。諾里斯躺平身子，臉色鐵青，目不轉睛瞪著上舖的床板。

「麥克，已經過了多久——自從牛不再是牛——」

麥克雷迪無奈聳聳肩。他走去裝牛奶的提桶，用那小管血清做測試。牛奶使它變得混濁，很難加以確認。最後他搖搖頭，把試管丟進洗手台。「測試呈現陰性。這意味著當時它們要嘛是牛，要嘛就是完美的模仿者，可以產出眞正的牛奶。」

庫柏在睡夢中不安地翻動，發出介於打鼾和發笑的咯咯聲響。沉默的目光緊盯著他。「嗎啡能對怪物發生作用嗎？」有人發問。

「天知道，」麥克雷迪聳聳肩。「據我所知道，它對地球上所有動物都能發生作用。」

康南特突然抬頭。「麥克！那些狗一定有吞下那怪物的碎片，因此毀了牠們！怪物潛伏在狗群身上。我被關起來了。這不就證明──」

范沃爾搖搖頭。「抱歉，這無法證明你是什麼，只證明你沒做什麼。」

「它沒那麼做，」麥克雷迪嘆口氣。「我們無可奈何，因爲知道的不夠多，而且在這麼緊張不安的情況下，我們沒辦法正確思考。把這裡封鎖起來！曾經看過血液裡的白血球穿過血管壁嗎？沒有吧？那怪物探出了一個僞足，而且就在牆壁的另一邊。」

「哦，」范沃爾不高興地說。「牛試圖融化，不是嗎？它們可能已經融化掉，變成像根線一樣的東西穿過門縫下，在另一邊重新組合。變成繩索——不，不，那沒有用。它們不能活在一個密閉空間，或者——」

「假如，」麥克雷迪說，「你朝它心臟開槍，它並不會死，那麼它就是個怪物。這是我能想到最好的測試。」

「沒有狗了，」蓋瑞輕聲說，「也沒有牛了，現在它必須模仿人。封鎖這裡沒任何好處。麥克，你講的測試也許行得通，但恐怕很難用在人身上。」

第十章

克拉克在廚房火爐前抬頭看，同時范沃爾、巴克萊、麥克雷迪和班寧走了進來，撣掉衣服上的雪花。其他人擠在指揮中心，繼續做他們正在做的事，下棋、打撲克牌或閱讀。拉爾森在桌上修理一個雪橇，范沃爾和諾里斯聚在一起討論磁極數據，哈威則是低聲唸著表格。

庫柏醫生在床鋪上輕聲打鼾。蓋瑞和達頓一起處理達頓床鋪角落上的一捆無線電訊息，還有一小段廣播目錄。康南特佔用了大部分桌面去處理宇宙射線的文件。

儘管隔了兩道關上的門，他們仍能清楚聽見通道傳來金納的聲音。克拉克砰的一聲把水壺放到廚房火爐上，悄悄向麥克雷迪招手。氣象學家朝他走過去。

「我沒那麼討厭負責做飯，」克拉克神經兮兮地說，「但沒辦法讓那傢伙安靜下來嗎？我們都同意把他移到宇宙小屋比較安全。」

「你是指金納？」麥克雷迪朝門外點點頭。「恐怕沒辦法。我想我可以給他打麻醉藥，但我們沒有無限供應的嗎啡，他也沒到失去理智的危險，只是有點歇斯底里。」

「嗯，我們反而有失去理智的危險。你在一個半小時前出去，這情況從那之後就一直持續，之前已經持續了兩小時。你知道，忍耐是有極限的。」

蓋瑞帶著歉意四處徘徊。有一瞬間，麥克雷迪在克拉克眼中看到恐懼的火花，那是極端的恐懼，這才明白自己心裡也有相同感受。蓋瑞——蓋瑞或庫柏——必然是個怪物。

「如果你能讓他停止吵鬧，我認爲那是個明智的做法，麥克，」蓋瑞輕聲說。「這房間裡已經夠緊繃了。我們同意把金納移到宇宙小屋很安全，因爲營地其他人一直受到嚴密監視。」蓋瑞微微打顫。「而且，看在上帝的份上，還在嘗試找到可行的測試方法。」

麥克雷迪嘆口氣。「無論有沒有被監視，每個人都很緊繃。布萊爾堵住了活門，所以現在沒辦法打開。他說自己有足夠的食物，不斷喊著『走開，走開——你們是怪物。我不會被同化。我絕不會。我會在人們來的時候告訴他們。走開。』所以，我們就離開了。」

「沒有其他測試方法了嗎？」蓋瑞反問。

麥克雷迪只能聳聳肩。「庫柏說得完全沒錯。血清測試絕對可靠，前題是它沒受到污染。不過現在只剩下一隻狗，牠的免疫已經成形。」

「用化學呢？化學測試？」

麥克雷迪搖頭。「我們化學知識沒那麼好。我試過用顯微鏡觀察，你知道結果的。」

蓋瑞點點頭。「怪物狗和眞狗的細胞看來一模一樣。不過，你得繼續嘗試下去。晚餐後我們要做什麼？」

范沃爾悄悄加入他們。「輪流睡覺，一半的人睡覺，另一半人醒著。我在納悶我們之中有多少人是怪物？所有的狗都變成怪物了。我們認爲自己很安全，但它就是有辦法逮到庫柏——或者你。」范沃爾閃爍不安的眼神。「它也許已經逮到你們每個人；也許除我之外，你們都在納悶，都在觀望。不，那不可能。你們到時就會一擁而上，我也毫無招架之力。我們人類現在一定還佔大多數。但是——」他停了下來。

麥克雷迪笑了一聲。「你現在說的就是諾里斯抱怨我的事，讓情況懸而未決。『但如果再有一個人變怪物了——或許就會改變勢力的平衡。』它不會戰鬥。我不認爲它曾經戰鬥過。它必然是個平靜的東西，有它自己獨特方式。它從不需戰鬥，因爲它總能達到目的。」

范沃爾嘴角露出扭曲的笑容。「所以你在暗示，也許它已經佔了大多數，只是還在等待，它們都在等待；就我所知，是你們全部的人都在等待，直到我這最後的人類在睡夢中失去警惕。麥克，你有沒有注意到他們的眼睛，全都注視著我們？」

蓋瑞嘆口氣。「你不曾坐在這裡整整四小時，他們的眼神在默默衡量著我們倆，庫柏和我，知道其中一人必定是怪物，也許兩人都是。」

克拉克再次提出要求。「你能不能讓那傢伙停止吵鬧？他逼得我快發瘋了。不管怎樣，要他小聲一點。」

「還在祈禱嗎？」麥克雷迪問。

「還在祈禱，」克拉克抱怨。「他一分一秒不曾停過。如果祈禱能舒緩他情緒，我不介意，但他又是吼叫，又唱聖歌，而且祈禱還用吶喊的。他認爲上帝聽不到這裡的聲音。」

「也許祂眞聽不到，」巴克萊咕噥著。「或者祂已經對這個從地獄釋放出來的東西做了些什麼。」

「如果你不阻止他的話，有人會嘗試你提到的測試方法，」克拉克嚴肅地說。「我認爲用刀子砍腦袋跟用子彈射心臟是一樣有效的測試。」

「去做飯吧。我看看能做什麼。櫃子裡也許有可用的東西。」麥克雷迪疲倦地走去庫柏當診療室的角落。三個高高的粗糙木板櫃是營地醫療用品的儲藏區，其中兩個上了鎖。十二年前，麥克雷迪畢業後取得實習醫生的資格，後來轉往氣象學發展。庫柏是經過精挑細選來的人，他對自己的專業有非常透澈且現代化的知識。眼前一半以上藥物對麥克雷迪而言完全不熟悉，其他許多藥物也早已忘記。這裡沒有龐大的醫學藏書，也沒有一系列期刊可以學習那些不值得收錄在他有限藏書裡的東西。書本很重，而且每一盎司的物資都由空運送來。

麥克雷迪抱持希望選了巴比妥鎮靜劑。巴克萊和范沃爾跟他一起過去。大磁鐵營地絕不能有任何人獨自去某個地方。

他們回來時，拉爾森收起他的雪橇，物理學家們離開了桌子，撲克牌遊戲也結束了。克拉克正端出食物，湯匙撞擊聲和默默咀嚼聲是房間裡唯一的生命跡象。三人回來時大家都沒說話，所有眼睛只是帶著疑問看著他們，嘴巴繼續動著。

麥克雷迪突然僵住。金納用沙啞的破鑼嗓子喊出一句讚美詩。他疲憊看著范沃爾，臉上帶著扭曲的笑容搖搖頭。「啊哈。」

范沃爾狠狠咒罵一聲，然後坐到桌邊。「我們不得不忍受這點，直到他再也喊不動。他總不能像那樣一直喊下去。」

「他有個銅管喉嚨和鑄鐵嗓子，」諾里斯憤怒宣稱。「然後我們可以滿懷希望，認爲他跟我們是同一邊的。在這情況下，他就能不斷清好嗓子吼下去，直到世界末日來臨。」

房間裡一片死寂，他們不發一語吃了二十分鐘。然後康南特暴怒跳了起來。「你們坐著動也不動，像一堆雕像。你們一句話也沒說，但是，老天，你們那是什麼眼神。眼珠子像掉到桌上的一串玻璃球般滾來滾去，它們轉啊轉，眨一眨，然後一直瞪著看，就像在竊竊私語。你們這些傢伙可以改變一下，看看別的地方嗎？拜託。」

「聽著，麥克，你在這裡負責指揮。今晚剩下的時間就讓我們來播放電影。我們一直保存那些電影膠卷要留到最後。爲什麼要留到最後呢？誰到最後還會看那些電影？趁我們能看的時候來看吧，也讓我們除了彼此之外還有別的東西可看。」

「好主意，康南特。就我而言，自己非常願意用任何方式改變這點。」

「把聲音調大，達頓。也許可以蓋過讚美詩，」克拉克建議。

「但是不要，」諾里斯輕聲說，「不要把燈都關掉。」

「燈會關掉。」麥克雷迪搖著頭說。「我們要播放我們所有的卡通影片。你們不介意看老卡通吧？」

「太好了——我正好有這心情。」麥克雷迪轉頭去看說話的人，一位身材瘦高的新英格蘭人，名叫科德韋爾。科德韋爾正慢慢裝填他的菸斗，酸溜溜的眼睛盯著麥克雷迪。

一身古銅色的壯漢勉強笑了笑。「好的，巴特，算你贏。也許我們不那麼喜歡大力水手和唐老鴨，但那也是値得一看的東西。」

「我們來玩分類遊戲吧，」科德韋爾緩緩建議說。「或者你也可以稱它爲古根漢。你拿一張紙畫上線條，然後寫下一些事物的類別——例如一些動物，你知道的。然後用『H』代表一類，『U』代表一類，比方說就是『人類』和『未知』，以此類推。我認爲這比電影重要得多。也許有人可以拿來一支能畫線的鉛筆，讓他在『U』的動物和『H』的動物之間畫出分隔線。」

「麥克雷迪正試圖找到那種鉛筆，」范沃爾平靜回答，「但你知道，我們這裡有三種動物。有一種是『M』開頭的。我們不想看到更多種了。」

「你是指瘋子[6]，啊哈。克拉克，我會幫你拿那些平底鍋，這樣就可以上演我們的小小偷窺秀。」科德韋爾慢慢起身。

達頓、巴克萊和班寧默默做著他們的工作，負責準備投影機和音響器材，同時指揮中心被清理乾淨，碗盤也被處理掉。麥克雷迪緩緩走向范沃爾，靠在他旁邊的床鋪。「我一直拿不定主意，范沃爾，」他苦笑著說，「是否要提早公布我的想法。我忽略了『U』這種動物，如同科德韋爾給它命的名，是能看穿心思。我隱約有個想法，某個東西或許派得上用場。然而這構想還太模糊。去看你的電影吧，我要試著找出這件事的邏輯。這床鋪我要用。」

6 瘋子英文為mad。

范沃爾抬頭看了一下，然後點點頭。電影螢幕實際上跟他床鋪呈一直線，因此這裡最不會被畫面打擾分心，因爲看得最不清楚。「也許你該告訴我們你的想法。現在狀況是，只有那未知的動物知道你在計畫什麼。你也許在付諸執行前就——變成未知的動物。」

「如果我想得沒錯的話，應該不會花太久時間。但除了測試、狗和怪物之外，我不想再有其他事了。我們最好把庫柏移到我的上舖。他也不會看螢幕。」麥克雷迪朝庫柏輕聲打鼾的身軀點點頭。蓋瑞幫他們抬起並移動醫生。

麥克雷迪靠在床鋪上，差不多陷入一種出神狀態，專注試著推敲出可能性、作用和方法。他幾乎沒察覺到其他人靜靜地散開，螢幕開始亮起。金納含糊的大聲祈禱和刺耳的讚美詩歌讓他有些惱怒，直到電影的伴奏樂聲響起。燈光被關掉，但螢幕上大面積淺色區域反射出足夠光線，提供了基本能見度，照得人們焦慮轉動的雙眼閃閃發光。金納仍在祈禱，在吶喊，他吵啞的嗓音伴一直隨著喇叭播放的聲音。達頓調高了擴大機音量。

那嗓音實在持續太久，麥克雷迪一開始只模糊意識到似乎少了些什麼。他躺在狹窄房間裡，對面就是通往宇宙小屋的通道，僅管有電影的伴奏樂聲，金納嗓音仍可相當清晰傳到他耳中。他突然意識到那嗓音停止了。

「達頓，切掉聲音，」麥克雷迪猛然坐起時喊道。畫面閃爍了一會，突然間就無聲無息停頓下來，一片靜默。屋頂上捲起的狂風從爐火風管傳來憂鬱淚水的汩汩聲。「金納停下來了。」麥克雷迪輕聲說。

「看在上帝的份上，風吹起來了，他也許停下來聽那聲音。」諾里斯不耐煩地說。

麥克雷迪起身沿著通道走去。巴克萊和范沃爾離開他們在房間另一端的位置，緊跟在後。巴克萊穿過仍在發光的投影機前，灰色內衣的背後搖曳著膨脹扭曲的光束。達頓啪的一聲打開電燈，畫面隨之消失。

諾里斯依照麥克雷迪的要求站在門口。蓋瑞靜靜坐到最靠近門的床鋪上，迫使克拉克得讓出空間給他。其他大部分人都待在原本位置，只有康南特以一種穩定不變的節奏，在房間裡慢慢走來走去。

「如果你非要這麼做，康南特，」克拉克氣呼呼地說，「我們可以在沒有你的情況下和睦相處，不管你是不是人類。請你別再走來走去，好嗎？」

「抱歉。」物理學家坐到一張床鋪上，若有所思看著自己腳趾。幾乎有五分鐘的時間，就像經過五個世代一樣，現場只有風的聲音，直到麥克雷迪出現在門口。

「我們，」他宣布，「還沒遇夠不幸的事。有人試圖幫我們擺脫吵鬧。金納的喉嚨插了一把刀，也許這就是爲什麼他不再唱歌。現在我們有怪物、瘋子和兇手。科德韋爾，你還想得到更多『M』開頭的東西嗎？如果有的話，我們也許很快就會看到。」

第十一章

「布萊爾逃脫了嗎？」有人問。

「他沒逃脫。除非他能飛進來。如果我們懷疑那好心的幫手是何方神聖，可以用這個來搞清楚。」范沃爾拿著一把包在布裡面，一英尺長的薄刃刀。木頭刀柄有些焦痕，印著廚房爐架特有的紋路。

克拉克盯著它看。「我今天下午有用它。我忘了這該死的東西，把它留在火爐上。」

范沃爾點點頭。「如果你記得，我還拿起來聞過。我知道這把刀來自廚房。」

「我懷疑，」本寧謹愼看著周圍的人說，「我們裡面還有多少怪物？如果有人能從自己位置上溜掉，走到螢幕後方的廚房，接著過去宇宙小屋後再回來——他的確回來了，不是嗎？是的，每個人都在這兒。嗯，如果其中有人能夠做到——」

「也許是怪物幹的，」蓋瑞輕聲提議。「也是有那可能性。」

「正如你今天指出的，怪物只剩下人類可以模仿。它會減少自己的——備品數量嗎？我們是不是可以這麼說？」范沃爾指出這點。「不會的，我們要應付的只是一個卑鄙的傢伙，普通的兇手。我猜通常我們稱之爲『不配當人的兇手』，但現在得區分清楚。我們有不是人的兇手，現在還有是人的兇手。或者至少有其中一種。」

「人類少了一個，」諾里斯輕聲說。「也許怪物現在取得勢均力敵的局面。」

「別管那個，」麥克雷迪嘆口氣轉向巴克萊。「巴爾，可以帶著你的電擊器嗎？我要去確認——」

巴克萊轉往通道去拿電擊器，同時麥克雷迪和范沃爾走向宇宙小屋。巴克萊差不多三十秒後跟上他們。

前往宇宙小屋的通道彎彎曲曲，大磁鐵營地裡的通道幾乎都是這模樣，而諾里斯再次站到入口處。但他們聽到麥克雷迪突然發出低沉的喊叫。一陣急促猛烈的出拳重擊，沉悶的「咚咚——嘶斯」聲。「巴爾——巴爾——」。然後一聲怪異狂野的喵喵嘶吼，甚至在諾里斯迅速趕到轉角前就停止了。

金納——或者曾經是金納的東西——躺在地上，被麥克雷迪拿大刀砍成兩半。氣象學家靠牆站著，手中刀子滴著紅水。范沃爾倒在地上茫然扭動著，呻吟著，意識不清地揉著下巴。巴克萊眼中閃耀著難以言喻的兇狠，拿著手中武器不慌不忙捅了又捅。

金納手臂長出一層古怪的鱗皮，肌內也扭曲了。他的手指變短，手掌變圓，指甲變成三英寸長的暗紅觸角，就像極爲鋒利的鋼爪。

麥克雷迪抬起頭來，看了看手中的刀子，然後扔掉。「嗯，現在無論是誰幹的都可以說出來了。他是不配當人的兇手——殺了一個不是人的東西。我對天發誓，我們到這裡時金納只是地上的一具死屍。但當它發現我們要電擊它時就開始變身。」

諾里斯擔心地盯著看。「喔，老天，這些東西還會演戲。你這東西——坐在這裡幾小時，向心中憎恨的上帝口口聲聲祈禱著！用嘶啞嗓音喊唱讚美詩，一個它從不認識的教會寫的讚美詩。它用不停的吼叫迫使我們發瘋——」

「好吧，不論你是誰，就承認吧。你不知道它是怪物，但幫了營地一個大忙。我希望知道你如何怒氣沖沖走出房間，卻沒讓任何人看到。這也許有助於保衛我們自己。」

「他的尖叫——他的歌聲，甚至喇叭播放的聲音都無法蓋過。」克拉克全身顫抖。「它是一個怪物。」

「喔，」范沃爾突然說。「你就坐在門旁邊，不是嗎？而且幾乎就在螢幕後面了。」

克拉克無言點了點頭。「他——它現在安靜了。它死了，麥克，你的測試實在不管用。至少它死了，不論是怪物或是人，它現在死了。」

麥克雷迪輕聲暗笑。「各位，來認識認識克拉克，我們唯一可以確認的人類！瞧瞧克拉克，他試圖透過謀殺手段來證明自己是人類——而且還失敗了。你們其他人可不可以暫時克制住，別再嘗試證明自己是人類？我想我們也許會有另一項測試。」

「一項測試！」康南特滿臉欣喜喊了出來，接著失望地垂下頭去。「我猜又是模稜兩可的測試。」

「不，」麥克雷迪平靜地說。「大家保持敏銳，小心留意。現在進去指揮中心。巴克萊，帶著你的電擊器。還要一個人——達頓，就是你——跟巴克萊站在一起，確保他做得到。注意旁邊的每個人，因爲這些怪物可能來自身旁。它們知道我搞懂了某件事，它們將會面臨危險！」

一行人頓時緊張起來。一股壓倒性的威脅氣息湧入每個人體內，敏銳地監視彼此。他們比以往任何時候更機警——我旁邊的那個人是不是非人類的怪物？

「是什麼測試？」當他們再次回到主房間時，蓋瑞問道。

「要花多久時間？」

「我不知道確切要花多久，」麥克雷迪說，他的口氣因爲惱火的決定而顯得冷淡。「但我知道一定管用，而且不會模稜兩可。這取決於怪物們的基本特質，而不是我們的。『金納』剛才讓我確信這點。」他古銅色身軀動也不動穩穩站著，終於完全重拾自信。

「這個，」巴克萊說，同時舉起木柄武器，前端有兩個充滿電的尖銳導線，「我想是相當有必要的。發電機能確保正常運作嗎？」

達頓用力點點頭。「自動加煤箱已經裝滿。柴油發電機也在待命狀態。范沃爾和我爲了電影播放去設定好了，而且謹愼檢查過好幾遍，你知道的。任何人碰到那些電纜都會出人命。」他仔細確認過這些細節。「我都知道。」

庫柏醫生在床上稍微翻身，笨拙地揉了揉眼睛。他慢慢坐起來，眨了眨因爲睡覺和打了藥物而變得朦朧的雙眼，在藥效下做的惡夢變得更加難以言喻的可怕。「蓋瑞，」他咕噥著，「蓋瑞——聽我說。自私——它們來自地獄，魔鬼般的自私——我是說自私——是嗎？我說的是什麼？」他躺回床上，輕聲打鼾。

麥克雷迪若有所思看著他。「我們很快就會知道，」他輕輕點著頭。「但你說的就是自私，是自私這個詞沒錯。你知道，它們一定自私。」他轉向小屋裡的人，那些緊張、沉默的人用豺狼般的眼神瞪著身旁的彼此。「自私，而且就如庫柏醫生所說，每個部分就是完整個體。每個部分都自給自足，本身就是一個動物。

「此外，他講的另一件事也說出了眞相。血液沒什麼神秘，它就像一塊肌肉或肝臟一樣，只是平凡的身體組織。雖然它有成千上萬活體細胞，不過沒那麼多結締組織。」

麥克雷迪的古銅色大鬍子揚起冷酷的笑容。「某種程度上這就已經夠了。我很確信我們人類數量仍比你們異類來得多。異類就站在這裡。我們擁有你們異類——你們來自異世界的種族——顯然沒有的東西。那是無法模仿、與生俱來的本能，一種眞正的驅動力，無法遏制的火焰。我們會戰鬥，用一種你也許試圖模仿的兇猛方式戰鬥，但你永遠比不上！我們是人類，是眞正的人類。你是模仿者，每個細胞核都是假的。

「好了，現在是攤牌的時候，你知道的。你可以用你的讀心術。你已經從我腦子裡挖出這想法，但你無能爲力。

「血液是組織。它們必須流血，如果它們被切開時沒流血，天啊，它們就是假的！就是糟糕透的僞裝者！如果它們流血，那麼脫離它們身上的血液就是一個新個體，一個全靠自己存活的新個體，它們就像分裂一樣，它們全部從一開始就是許多的個體！

「懂了嗎，范沃爾？知道答案了吧，巴克萊？」

范沃爾輕輕笑著。「血液——血液不會屈服。它是一個新個體，完全想保護自己的生命，就像分裂前的那一大團原始個體一樣。血液想要存活，它會努力逃開——比方說，一根燒得火燙的針！」

麥克雷迪拿起桌上的解剖刀，從櫃子中拿來一排試管、一個小酒精燈和一個玻璃棒上的一小段鉑金屬絲。他嘴角泛起一絲冷酷而滿意的微笑。他抬頭瞄了一眼周圍的人。巴克萊和達頓慢慢朝他移過去，木柄電擊器已在待命。

「達頓，」麥克雷迪說，「你應該站在電纜的連結處，確保沒有任何東西把它拉鬆。」

達頓走開了。「現在，范沃爾，我想你應該是第一個來做測試。」

臉色蒼白的范沃爾走上前來。麥克雷迪精準地在他姆指根部切開一條血管。范沃爾稍微退縮了一下，然後保持穩定，在試管中收集了半英寸高的鮮血。麥克雷迪把試管放到架子上，給范沃爾一點明礬，然後指了指碘酒瓶。

范沃爾動也不動站著看。麥克雷迪在酒精燈火焰中加熱鉑金屬絲，然後將它浸到試管裡。它發出輕微的嘶嘶聲。他反覆測試了五遍。「我會說，你是人類。」麥克雷迪嘆了口氣，挺起身子。「目前爲止，我的理論還沒實際獲得證明，但我抱著希望。」

「此外，不要對這測試存有太多偏見。毫無疑問，我們其中有些人並不受歡迎。范沃爾，麻煩你跟巴克萊換手好嗎？謝謝。好了，巴克萊，我可以說希望你仍屬於我們人類這邊的嗎？你是個非常好的傢伙。」

巴克萊不確定地笑了笑，在鋒利的解剖刀下退縮了一下。不久，他滿臉笑容收回了長柄武器。

「接下來，山繆．達頓——快，巴爾！」

緊張情緒在那瞬間釋放出來。無論怪物本質有多可怕，人們立刻跟它對抗起來。巴克萊還來不及移動他的武器，一堆人已經撲向那看似達頓的東西。它喵喵叫著，口吐唾液，還試圖長出獠牙，結果變成上百片被撕裂的殘破碎片。沒用刀子或任何武器，一群菁英人士靠著野獸般的蠻力，將那東西碾壓撕碎。

他們慢慢站了起來，眼神顯得陰鬱，情緒十分平靜。他們納悶地噘起嘴唇，透露內心有一種焦躁。

巴克萊拿電擊器過去，那東西悶燒著發出惡臭。范沃爾拿苛性鈉滴在噴濺出來的每滴血上，散發出讓喉嚨癢到想咳嗽的煙霧。

麥克雷迪咧嘴笑了，他深邃的眼睛顯得神采奕奕。「也許，」他輕聲說，「當我說人類不可能擁有那怪物眼中的兇狠時，我低估了人類的能耐。希望我們有機會能以更恰當的方式對付那些怪物，比如用東西裝著沸騰的油或熔化的鉛，或拿個可以在發電機鍋爐裡慢慢烘烤的東西。當我想到達頓是怎樣的一個人時——

「那無關緊要了。我的理論是被——被一個早已知道的人證實的？好吧，范沃爾和巴克萊已經被證明是人類。我認爲接下來就要向你們證明我已知道的事。我也是個人類。」麥克雷迪拿解剖刀在純酒精裡攪和一下，用火將把金屬刀片上的酒精燒掉，然後熟練地劃過自己姆指根。

二十秒後，他在桌前抬起頭，看著等待的人們。現在眼前有更多的笑容，友善的笑容，但所有人眼中藏著別的東西。

「沒錯，」麥克雷迪輕輕笑著，「康南特，在通道轉角處監視那東西的哈士奇還比不上你。不知爲何我們認爲有狼的血統才會表現兇猛？也許狼在惡毒本性佔了上風，但經過這七天後——就放棄了所有希望，你們這些狼進到了這裡！

「或許我們可以省省時間。康南特，請你站出來——」

同樣的對抗又發生了，巴克萊的動作太慢。當巴克萊和范沃爾完成他們工作時，那裡的笑容變多了，緊張情緒也舒緩了。

蓋瑞用低沉痛苦的聲音說，「康南特是這裡最優秀的人之一，五分鐘前我才發誓他是個人類。那些該死的東西不僅僅是模仿而已。」蓋瑞顫抖著坐回自己床鋪。

三十秒後，蓋瑞的血液在灼熱的鉑金屬絲前退縮，掙扎要逃出試管，瘋狂掙扎著，如同巴克萊拿著蛇舌般的武器走向一臉蒼白、冷汗直冒的蓋瑞，那突然變得狂野、紅眼、正在融化的模仿者不顧一切左閃右躲。麥克雷迪把試管丟進廚房火爐裡灼熱的煤炭堆時，裡面那東西還發出一聲細微的尖叫。

第十二章

「最後一個了？」庫柏醫生從床鋪低頭看，充滿血絲的眼睛帶著憂傷。「其中的十四個人——」

麥克雷迪點點頭。「就某些方面來說，如果能保證它們不會擴散，我很想把模仿者帶回去。蓋瑞指揮官——康南特——達頓——克拉克——」

「他們要把那些東西拿去哪裡？」庫柏朝巴克萊和諾里斯抬的擔架點點頭。

「外面。到外面雪地上，他們已經拿來十五個砸碎的木箱，半噸煤炭，不久還會灑上十加侖煤油。我們用酸液倒在每個噴濺出來的血滴和撕裂的碎片上。我們準備把那些東西燒掉。」

「聽起來有一場好戲。」庫柏疲倦點點頭。「我想知道，你還沒說布萊爾是否——」

麥克雷迪驚訝地說。「我們忘掉他了！我們有太多其他人要處理！我在想——你認爲我們現在可以治好他嗎？」

「如果——」庫柏醫生開口，然後意有所指停了下來。

麥克雷迪又吃了一驚。「甚至模仿一個瘋子。它曾模仿金納和那歇斯底里的祈禱——」麥克雷迪轉向長桌旁的范沃爾。「范沃爾，我們得去布萊爾的小屋探察一下。」

范沃爾猛地抬頭，赫然想起布萊爾，緊鎖的眉頭瞬間消失。

接著他點點頭站了起來。「巴克萊最好也跟著去。那些纜繩是他綁的，也許能想出不會太驚動布萊爾的方式。」

他們在零下三十七度的寒冷中走了三刻鐘，極光布幕籠罩上空。曙光持續了將近十二小時，北方積雪在它照耀下就像白色結晶的細砂。五英里時速的風把雪地往北吹拂出一條條堆積線。花了三刻鐘才走到被雪掩蓋的小屋。小屋沒冒出煙來，他們加快了腳步。

「布萊爾！」巴克萊在距離還有一百碼時就對著寒風大吼。

「布萊爾！」

「閉上嘴巴，」麥克雷迪輕聲說。「我們要快。也許他正試圖長途跋涉，如果得追上他——現在沒有飛機，牽引機也壞了——」

「怪物會有人類的耐力嗎？」

「斷一條腿也無法阻止它超過一分鐘，」麥克雷迪指出。

巴克萊突然倒抽口氣，手指向高處。昏暗天空中，一個有翅膀的東西以輕鬆優雅的弧度在盤旋。巨大的白色翅膀緩緩傾斜，鳥兒好奇地從他們頭頂默默掠過。「信天翁——」巴克萊輕聲說。「春天的第一隻鳥，不知何故往內陸飛過去。如果有怪物逃脫了——」

諾里斯在冰雪中彎下腰，迅速扯開厚重的防水外套。他站直身子，敞開的外套隨風擺動，手裡拿著一把冷酷的金屬武器。它發出一聲怒吼，挑戰白色南極大陸的整片寂靜。

空中的東西發出刺耳尖叫。它瘋狂擺動巨大翅膀，十幾根羽毛從它尾巴飄落下來。諾里斯再次開火。那鳥現在迅速移動，但幾乎直線往後撤退。再次發出尖叫，更多羽毛掉落，它拍打翅膀飛往一道冰層擠壓出的山脊後面，消失了。

諾里斯趕緊跟上其他人。「它不會回來了，」他氣喘吁吁地說。

巴克萊用手指著他，提醒他保持安靜。一道古怪、強烈的藍光從小屋門縫穿透出來。裡面響起非常輕柔低沉的嗡嗡聲，還有工具噹啷的撞擊聲，那聲音不知何故傳達出極爲匆忙的訊息。

麥克雷迪的臉色變得蒼白。「願上帝保佑我們，如果那東西已經——」。他抓著巴克萊的肩膀，手指比出剪斷的動作，再指向綁住門口的控制纜繩。

巴克萊從口袋裡掏出鋼絲剪，悄悄跪在門邊。剪斷鋼絲發出啪的一聲，在徹底寂靜的南極環境下，聽起來眞是難以忍受的大聲。小屋裡只有那輕柔陌生的嗡嗡聲，還有古怪忙亂的工具鏗鏘聲，淹沒了他們發出的噪音。

麥克雷迪透過門縫往裡面看。他沙啞地吸一口氣，粗壯手指緊緊掐住巴克萊的肩膀。氣象學家退開。「那不是布萊爾，」他非常輕聲解釋，「它跪在床上某個東西旁邊，那東西飄在空中。它在做的東西像一個背包，而且可以飄浮。」

「動作要快，」巴克萊冷酷地說。「不。諾里斯，退後，把你的槍拿出來。它也許有武器。」

巴克萊強壯的身軀和麥克雷迪巨人般的力量一起把門撞開。裡面床鋪卡住了門板，發出尖銳刺耳的聲音，然後是一陣爆裂的破碎聲。門從折斷的鉸鏈上脫落，門柱上修補過的木頭往裡面掉落下來。

如同一個藍色橡皮球，那怪物彈了起來。它有四根觸鬚般的手臂，其中一根就像準備攻擊的蛇盤繞起來。從那有七個觸角的手掌中，伸出一根七英寸的長頸，閃耀金屬般的光澤，向上擺動對著他們。它細薄的嘴唇翻出毒蛇般的獠牙，充滿忿恨地齜牙咧嘴，紅色眼睛熾烈燃燒。

諾里斯的左輪手槍在狹小空間發出轟鳴。那充滿忿恨的臉痛苦抽搐，盤繞的手臂縮了回去。它手掌中的銀色東西被子彈打碎，有七個觸角的手掌變成一團殘破爛肉，滲出黃綠色汁液。左輪手槍又轟了三聲。三隻眼睛被打成黑孔，諾里斯把用完子彈的手槍砸在它臉上。

那東西發出狂野忿恨的尖叫，一根鞭條般的觸鬚抹著瞎掉的眼睛。它在地板上爬了一陣子，兇猛的觸鬚用力揮舞，身體不斷抽搐。然後它搖搖晃晃又站起來，瞎掉的眼睛左顧右盼，激昂沸騰，一塊塊濕漉漉的爛肉從殘破的臉上掉下來。

巴克萊蹣跚站起來，拿著冰鎬往前撲過去。沉重冰鎬的鋤頭面壓住了那顆頭的一側，殺不死的怪物再次倒下，觸鬚猛烈揮舞。巴克萊突然起身，手裡抓著一條活生生的青紫色繩子。那東西被抓住時開始融化，一條熾熱的細繩像活生生的火焰，侵蝕著他手上的肌膚。他瘋狂地扯掉那東西，把手伸到它們搆不到的地方。

瞎掉的怪物憑藉感覺撕扯堅韌厚重的防水布料，急著尋找肉體——它可以轉化成的肉體——

麥克雷迪帶來的巨大噴槍鄭重咳了幾聲。突然間，它發出低沉譴責的咆嘯，然後咯咯笑了起來，伸出一道三英尺長的藍白火舌。地上的那東西驚聲尖叫，觸鬚盲目揮舞拍打，在噴燈的盛怒下逐漸扭曲萎縮。它在地上爬行、翻滾，拚命尖叫，蹣跚挪動，但麥克雷迪的火焰噴槍一直對著那張臉，報廢的眼睛不斷燃燒，徒勞地冒著泡泡。那東西瘋狂地爬行哀嚎。

一根觸鬚長出野蠻的爪子，在火焰中被燒得酥脆。麥克雷迪在這早有準備的冷酷戰役中穩健推進。發狂無助的怪物在猛烈舔拭的火舌中節節敗退。它試圖反抗了一陣子，觸碰到冰雪時發出非人類的憤怒嚎叫，然而在噴槍熾熱的氣焰下退卻了。它絕望地撤退，在南極冰雪中退了又退。刺骨寒風席捲而過，吹得火舌搖搖晃晃；它徒然倒下，一股油膩、惡臭的煙霧從它身上冒出來

——

麥克雷迪默默走回小屋，在門口遇見巴克萊。「還有嗎？」

高大的氣象學家擔憂地問。

巴克萊搖搖頭。「沒有了。它怎麼不分裂？」

「它有別的事要考慮，」麥克雷迪向他保證。「我走開時，它正燒成火紅的焦炭。它在做的是什麼？」

諾里斯輕笑一聲。「我們還眞是聰明的傢伙。砸壞了磁電機，因此飛機沒辦法運作，也拔掉了牽引機的鍋爐管。同時把那怪物單獨留在這小屋一個星期。獨自一人，不受打擾。」

麥克雷迪更仔細地觀察小屋。雖然門被扯掉，空氣卻又熱又潮溼。房間盡頭一張桌子上放的東西，是用線圈、小磁鐵、玻璃管和無線電管組成。這東西的中央放了一塊粗糙石頭，石塊發出的光線充斥整個房間，那是比眩目的電弧還要藍的冷酷藍光，石塊還傳來輕柔的嗡嗡聲。旁邊放著另一個透明玻璃做的裝置，玻璃吹得極爲工整細緻，還有一堆金屬板和一個古怪、微微發光的虛幻球體。

「那是什麼？」麥克雷迪靠得更近一些。

諾里斯咕噥著。「有待研究。不過我猜得應該沒錯。那是原子能。左邊的東西，那個光滑小東西的功用，是人們一直嘗試用一百噸旋轉加速器去做的事。它能從重水中分離出中子，周遭的冰層可以取得重水。」

「他從何處拿到所有這些東西——喔，當然。怪物沒辦法被鎖在裡面——或外面。他曾進出過設備儲藏室。」麥克雷迪盯著這些設備。「老天，這種族的智力一定不簡單——」

「微微發光的球體——我認爲它是個純粹力量的球體。中子能穿過任何物質，他希望有個中子供應庫。只要將中子射到二氧化矽、鈣、鈹等等，幾乎是任何東西上，原子能就會被釋放出來。右邊那東西是個原子能發電機。」

麥克雷迪從他的外套拿出溫度計。「儘管門是開的，這裡有華氏一百二十度。我們衣服在一定程度上擋住了熱氣，但我現在開始流汗了。」

諾里斯點點頭。「我發現那個光是冷的，但它透過線圈散發熱量，使得這地方溫暖起來。他擁有這世界的所有能量，讓這地方保持溫暖舒適，如同他的種族想要的溫暖舒適。你們注意到那光的顏色嗎？」

麥克雷迪點點頭。「答案就在繁星之外。他們來自繁星之外，來自一個更熱的星球，圍繞著一個更亮、更藍的太陽。」

麥克雷迪瞄了一眼門外，望向那條被燒灼燻焦的拖曳痕跡，漫無目標、搖搖晃晃穿過積雪。「我猜不會再有什麼訪客來了。它降落在這裡純屬意外，那是兩千萬年前的事。它做那些東西是爲了什麼？」他朝那些設備點了點頭。

巴克萊輕聲笑著。「我們來的時候，你注意到它在做什麼？瞧。」他指著小屋的屋頂。

就像壓扁的咖啡罐製成的背包，上面掛著布條和皮帶，一個機械裝置緊貼在屋頂。一顆微小耀眼的核心燃燒著超自然火焰，燒穿了天花板的木頭卻沒有焦痕。巴克萊走過去，用手抓住兩條垂掛的布帶，費了一番功夫才把它拉下來。他綁到自己身上，輕輕一跳就以古怪的弧線慢慢越過房間。

「反重力。」麥克雷迪輕聲說。

「反重力，」諾里斯點點頭。「是的，我們阻止了它們，既沒有飛機也沒有鳥。鳥群還沒有來，但它們有咖啡罐和無線電零件，還有玻璃以及晚上可用的機械工作室。然後有一個星期的時間——整整一個星期——無人打擾。利用原子能提供動力的反重力裝置，只要一跳就到了美國。」

「我們成功阻止了它們。只要再過半小時——它正要綁緊這些裝置的帶子，好讓自己能夠穿戴——到時我們仍待在南極洲，擊落任何來自這世界其他地方的移動物。」

「信天翁——」麥克雷迪輕聲說。「你認爲——」

「當這裝備幾乎完成了？當它手裡握有毀滅性武器？」

「不，感謝上帝，祂顯然有清楚聽到祈禱，甚至在這鬼地方的祈禱，然後在最後半小時，我們保住了這世界，以及這個星系。你知道的，反重力，原子能。因爲它們來自另一個太陽，繁星之外的一顆恆星。它們來自陽光更藍的世界。」

暮光之城

「講到搭便車的人，」吉姆．班德爾相當困惑地說：「我前幾天搭載到的一個人肯定是個怪胎。」他露出笑容，但不是眞的在笑。「他告訴我的是我所聽過最奇怪的故事。他們這些人大多會告訴你自己如何失去了好工作，並試圖到開闊的西部去找可以幹的活。他們似乎不了解有多少人已經去那邊，認爲這廣大的美麗國土全都無人居住。」

吉姆．班德爾是個經營不動產的人，我知道他接下來要講什麼。你知道，那是他最喜歡的台詞。他眞的在擔心，因爲我們州裡仍有許多農莊耕地有待放領。他談到美好的鄉間，但自己從沒離開城鎭邊緣進入鄉野。其實他是害怕。於是我有一點想要將他導回正題。

「吉姆，他自稱是什麼？找不到土地可以探勘的探礦人？」

「那不怎麼好笑，巴特。眞的不好笑，不僅僅是他講的內容。他甚至沒聲明什麼，只講了一段故事。他沒說故事是眞的，只把它講出來而已。就是這樣讓我摸不著頭緒。我知道故事不是眞的，但他講的方式——喔，我不知道。」

由此可知他的確不知道。吉姆・班德爾通常在用字遣詞上非常謹愼，而且引以爲傲。當他開始支支吾吾時，代表他眞的被搞糊塗了。就像有一次他把響尾蛇當成一根木條，還想把它丟進火裡。

吉姆繼續說下去：

他的衣服也很可笑。它們看起來像金屬做的，卻像絲綢一樣柔軟，晚上會微微發光。我在黃昏時載到他，還眞的是把他

「撿」上車的。他躺在距離南路大約十英尺的地方，起初我以爲有人撞到他後逃逸。你知道，我並不十分清楚他發生什麼事。我將他抱起來，放進車內，然後繼續上路。我還有三百英里的路程要走，但心想可以在沃倫泉把他交給范斯醫生。大約才五分鐘後他醒過來，睜開眼睛。他直視前方，然後先看看車子，又看看月亮。「感謝上帝！」他說，接著就看著我。讓我感到震驚的是，他很漂亮。不，應該說他很英俊。

他的外表一點都不普通，體格十分健壯，我想身高大約有六英尺兩英吋。他的頭髮是棕色，帶著些許赤金色，看似染成棕色的細銅線，蓬鬆捲曲。他的前額寬闊，是我的兩倍寬。臉上五官精緻，令人印象深刻；灰色眼睛就像用金屬蝕刻而成，而且比我的大了許多。

他穿的那套衣服，更像是一件浴袍搭上長睡褲。他的手臂很長，肌肉像印第安人般均稱。他是白種人，不過皮膚被曬得稍帶金黃色，但不到棕褐色。

他看起來實在高貴氣派，是我所見過最不可思議的一個人。眞沒想到，該死！

「你好！」我說。「遇到意外了？」

「沒有，至少這次不是。」

他說話的聲音也很宏偉。那不是一般嗓音，它聽起來像一台管風琴在演奏，只是它發自於一個人類。

「也許我的腦子還沒完全穩定下來。我想做個測試，告訴我現在的日期、年份等等，讓我檢查看看。」他接著說。

「喔——一九三二年，十二月九日。」我說。

這沒讓他感到滿意，反而有一點兒不高興。但他從一臉苦笑轉而變成暗自發笑。

「超過一千了——」他回想著說。「至少不像七百萬那麼糟糕，我不該抱怨。」

「七百萬什麼？」

「七百萬年，」他說得很從容，好像這就是他的意思沒錯。「我曾嘗試一個實驗，或者說想要嘗試。現在我得再試一次。這個實驗就是——回到三〇五九年。我剛做完重力釋放實驗，正在測試空間。至於時間——我依舊認爲它不是那種情況。那仍然是空間。我覺得自已陷入那場域裡面，但沒辦法自行抽身。那是伽瑪H481場域，密度935，處於波爾曼範圍內。它把我吸進去，然後我又出來了。

「我認爲它創造了一個穿越空間的捷徑，可以到達太陽系未來所處的位置。透過更高維度可以產生超越光線的速度，然後將我拋向未來世界。」

你要知道，他並不是在對我說話。他只是把腦中思考的東西講出來。然後他開始了解到我的存在。

「我看不懂他們的儀器，七百萬年的演化改變了所有東西。所以我把自己的目標回調過頭了一點。我應該要在三〇五九年。」

「告訴我，今年最新的科學發明是什麼？」

他讓我感到非常錯愕，幾乎不加思索就回答了。

「喔，我想應該是電視。還有收音機和飛機。」

「收音機——很好。他們會有儀器。」

「但聽我說——你是誰？」

「啊——抱歉，我忘了。」他用管風琴般的聲音回答說，「我是阿瑞斯．森．肯林。您呢？」

「吉姆．瓦特斯．班德爾。」

「瓦特斯——那是什麼意思？我不認得。」

「喔——當然就是個名字。爲什麼你應該要認得它？」

「我懂了——那麼你沒有類別名。我的『森』代表科學。」

「肯林先生，你來自哪裡？」

「來自哪裡？」他微笑著，聲音緩慢而輕柔。「我穿越了七百萬年或更久遠的空間來到這裡。他們人類早已記不清楚年代了。機器在非必要時不需維護，他們不知那裡是何年。但在那之前——三〇五九年時，我的家在內華市。」

就在那時，我開始覺得他是瘋子。

「我是個試驗品，」他繼續說。「正如我所說的，是科學的產物。我父親也是科學家，但有人類基因。我本身是個實驗，他證明了自己的觀點，於是全世界都跟著做。我是新種族的第一人。

「新種族——喔，神聖的命運——過去發生了什麼事——未來會發生什麼事——

「它的結局是什麼？我幾乎已經知道。我看到他們——身材嬌小——一臉困惑——完全迷失了。還有那些機器。命運註定如此——沒任何東西可以改變它嗎？

「聽著——我聽過這首歌。」

他唱起一首歌。於是，他不必告訴我未來人們的情況，我聽得出來。我可以聽到他們古怪、劈啪的嗓音唱著非英語詞句。我可以聽出他們充滿迷惑的渴望。我想那是一首小調歌曲，它絕望地呼喚著，呼喚著，詢問著，追尋著。歌曲背後傳來持續的轟隆聲與嘎嘎聲，來自被遺忘的不明機器。

那些機器無法停止運作，因爲它們已被啓動，而小人們已經忘記如何關掉它們，甚至忘記它們爲何運作，只能看著它們發出聲響——心中百思不解。人們不再能夠閱讀或書寫，語言也已經改變，所以祖先們的語音記錄對他們來說毫無意義。

但那首歌繼續下去，他們依舊迷惘。他們眺望太空，看著溫暖、親切的星辰——太遙遠了。九顆行星是他們認識並且居住的地方。受限於無窮的距離，他們看不到另一個種族和新生命。

貫穿歌曲的只有兩件事——一堆機器，以及陷於迷惘的空虛記憶。也許還有一件事，不是嗎？

這就是那首歌，讓我感到不寒而慄。它不該在今天的人們身旁流傳，因爲它幾乎扼殺了某樣東西。它似乎扼殺了希望。聽過那首歌之後——我呢——嗯，我相信他了。

他唱完歌後沉默半晌，然後稍微搖晃一下。

你還無法理解（他繼續說下去），但我已經看過他們。人們站在那邊，有顆大腦袋的畸形小人，腦袋裡只是裝著大腦。他們擁有能夠思考的機器——但很久以前有人把機器關掉，沒人知道如何重新啓動它們。那就是麻煩的地方。他們擁有很棒的大腦，比你我的都還好，但在百萬年前也被關掉了，從那時候起他們就不曾思考。善良的小人們，他們所知的僅有這些。

當我進到那場域時，它像重力場般把我攫住，捲入通往一顆行星的空間隧道。它把我吸了進去，穿過漩渦，只能確定彼端一定是七百萬年後的未來世界，那就是我先前所在的地方。到達後的地點想必是在地球表面相同的位置，但我不懂爲什麼會這樣。

當時是晚上，我看見城市在不遠的地方。月光灑在上面，整個景色看起來不對勁。你要知道，在七百萬年的時間裡，人類做的許多事都影響了星體位置，包括行駛太空郵輪，清除路徑上的小行星，諸如此類。七百萬年的時間足以讓自然事物稍微改變位置。月亮肯定遠離了五萬英里，它繞著自己軌道的軸心旋轉。我在那裡躺了一會看著它。甚至連星星都不一樣了。

有船駛出那座城市，來來回回，就像東西沿著金屬線在滑動，不過那當然只是一條力線。城市下層的部分被照得十分明亮，從藍綠色光線看來，那肯定是水銀燈。我確信人類不住在那裡——光線太刺眼。但城市頂端的燈光則非常稀疏。

然後我看到有東西從天空降下。它通體明亮，是個巨大圓球，筆直沉落到夾雜一塊塊黑色與銀色的這座龐大城市中央。

我不知道那是什麼東西，不過即便如此，我也明白這座城市已經荒廢了。奇怪的是，我這個從沒見過荒廢城市的人，竟能想像得到那景象。但我還是走了超過十五英里的路到那邊，然後進去城市。街上到處都是機器，你知道，就是那種用於維護的機器。它們無法理解這城市不再需要繼續運作，所以仍在工作。我發現一台看來相當熟悉的計程車機器，它有一個我會操作的手動裝置。

我不知道這座城市荒廢了多久。其他城市的一些人說已經有十五萬年，有些人說長達三十萬年。這座城市曾有人跡已是三十萬年前的事。計程車機器的狀況良好，立刻就能運作。車子很乾淨，整個城市也都整齊乾淨。我看見一間餐廳，而且我也餓了。我更渴望的是能找到人交談。當然，那裡空無一人，但我不知道。

餐廳直接將食物陳列出來，我選了餐點。我猜食物已經放了三十萬年，但不確定就是了，遞給我食物的機器也不在乎，因爲它們只是做事的替身，而且你看，做得還很完美。當建造者興建這些城市時，他們忘了一件事。他們沒了解到事情不該永遠持續下去。

我花了六個月時間製造自己的裝置。將近完成時，我就準備好要離開；同時，遠離眼前這些機器，它們如此盲目地、完美地運行在自己職責的軌道上，完全體現設計者要求的孜孜不倦，永不間斷，即使這些設計者和他們的子孫早就不再使用它們——

當地球變得寒冷，太陽逐漸熄滅時，這些機器仍會繼續運作下去。當地球開始崩裂分解時，這些永不停歇的完美機器會嘗試去修補它——

我離開餐廳，駕駛計程車在城市裡閒逛。我想這機器有個小電動馬達，但電源來自一個龐大的中央供電系統。沒過多久，我就知道自己身處遙遠的未來。城市分成兩個區域，其中一個區域有好幾層，許多機器在這裡平穩運轉，整座城市迴響著低沉嗡嗡的敲擊聲，就像一首無盡浩翰的力量之歌。這地方所有的金屬骨架都隨之震動、傳送、發出嗡嗡聲。但那是一種輕柔、悠閒、令人安心的敲擊。

這裡的地上有三十層，地下還有二十層，整塊結實的構造是由金屬牆壁、金屬地板、金屬與玻璃組件和發電機器組成。唯一光源是水銀弧光發出的藍綠色光芒。水銀蒸氣發出的光富含高能量子，能激發鹼金屬原子產生光電活動。我忘了，這或許超出了你們時代的科學範疇？

不過他們會採用這種光線，是因爲許多機器工作需要視界。這些機器實在令人讚嘆。我花了五小時逗留在最底層，穿梭在巨大的電力工廠裡看這些機器，因爲那裡有東西運轉，這種機械化的僞生命讓我覺得比較不孤單。

眼前的發電設備是從我發現的釋放原理發展而來——什麼時候？我是指物質能量的釋放，當我看到時就知道它能持續運作無數個世紀。

城市的整個下層區域佔滿了機器。數以千計的機器，但大部分似乎都處於閒置狀態，或者頂多是在低負荷下運作。我認出一種通話設備，不過沒有任何訊號從裡面傳出。城市裡沒有任何生命。然而，當我按下房間一側螢幕旁的小按鈕時，機器立刻開始運轉。它已經準備妥當，只是再也沒人需要它。人類知道如何死去或滅亡，但機器不知道。

最後我到上層區域的城市頂端。這裡是個天堂。

這裡有灌木、大樹和公園，在他們學會從上空發出的柔和光線下閃閃發光。他們在五百萬年或更久之前學會這項技術，卻在兩百萬年前忘得一乾二淨。但機器不會忘記，它們仍在發光。這團光懸在空中，柔和銀光稍帶玫瑰紅，底下花園被照得一片朦朧。目前這裡不見機器，但我知道它們白天必須出來照顧這些花園，為主人們保留一處天堂樂園，儘管主人們早已凋零，停止移動，因爲他們辦不到。

城市外的荒漠已經變冷，而且非常乾燥。這裡的空氣溫暖舒適，甜美花香來自人類花費數十萬年培育出的完美花朵。

接著某處開始播放音樂。它從空中傳出，然後輕柔地散播開來。月亮才剛落下，當它落下後，玫瑰銀的光線逐漸減弱，音樂也愈來愈強。

音樂來自四面八方，又不知從何處傳來。它就在我內心裡。我不知他們如何辦到的，也不知這種音樂是如何編寫出來的。

野蠻人做的音樂簡單到一點都不美，但能激動人心。半野蠻人寫的音樂簡單出色，具有樸素的美。黑人音樂是你們時代最好的。他們一聽音樂就懂，並隨著自己感受唱出來。半文明種族創作偉大的音樂，他們爲自己的音樂感到驕傲，並確保它有偉大的名聲。他們把音樂做得太偉大，以致於頭重腳輕。

我總認爲我們時代的音樂很好。但從空中傳來的歌曲才是首選，由一個成熟種族所唱，一個充滿自信的人類種族！那是一個男子用雄偉的聲音唱著他的勝利之歌，令我內心澎湃不已；歌曲向我展示了眼前的一切，它引領我前進。

我看著這座荒廢城市的時候，音樂從空中消失了。機器應該已經忘記這首歌，它們的主人在很久以前就忘記了。

我來到一處以前必然是住家的地方，那是昏暗光線下一個隱約可見的門口，但是當我走近它時，三十萬年不曾運作的電燈爲我點亮了綠白色燈光，就像一隻螢火蟲般，於是我踏進裡面的房間。在我身後的門口中間立刻發生變化，那裡出現一道乳白色不透明體。我所在的房間是由金屬和石頭構成，石頭是某種漆黑色物質，表面覆蓋了絲絨，金屬則是銀色和金色。地上有一塊小地毯，材質就跟我現在身上穿的衣服一樣，但是更厚更軟。房間裡有幾張矮沙發，覆蓋著這種軟金屬材料，而且也是黑色、金色和銀色。

我從沒看過那樣子的東西，而且我想未來也不會再看到，用我的語言和你的語言都無法形容。

城市建造者有權利，也有理由唱那首勢不可擋的勝利之歌，這種勝利讓他們橫掃了九大行星，還有十五個可居住的衛星。

但城市裡不再有他們蹤跡，於是我想離開。我想到一個計畫，然後去電話分局查閱一份曾經看過的地圖。舊世界看起來幾乎是一模一樣。對古老地球而言，七百萬甚至七千萬年都不算長。它也許還能成功磨耗掉這些驚人的機器城市，可以等個十億年、百億年，直到自己被摧毀爲止。

我試著撥打到地圖上不同城市的市中心。當我檢視中央設備時，很快就學會使用這套系統。

我試了一次——兩次——三次——十幾次。約克市、魯農市、巴里、斯加哥、辛格坡，還有其他城市。我開始覺得地球上不再有人類。我感覺很沮喪，因爲每個城市的機器回答我的都是悉聽尊便。那些機器都在更大的城市裡，而我在他們時代的內華市，只算一座小城。約克市的直徑就超過了八百公里。

每個城市我都試了幾個號碼。然後我試了舊金山。那裡有人，有個人的聲音和影像出現在閃爍的小螢幕上。我看到他嚇了一跳，驚訝地注視著我，然後開始對我講話。當然，我聽不懂。我聽得懂你講的話，你也聽得懂我的，因爲你們這時代的語言以不同型式被大量記錄下來，因此影響了我們的發音。

有些東西改變了，特別是城市名稱，因爲城市名稱容易出現多音節，而且使用得非常多。人們想省略它們，縮短它們。我是住在內——華——達，你們是這麼稱呼的嗎？我們只說內華，還有約克州。但俄亥俄和愛荷華就維持沒變。一千多年來，語言受到的影響很少，因爲它們有被記錄下來。

但七百萬年過去了，人類已經遺忘舊記錄，隨著時間流逝而使用得愈來愈少，語言也不斷變異，直到他們再也不能理解那些記錄。當然，語言也不再被書寫下來。

最後的種族之中必然出現過想要探索知識的人，但是他們沒成功。如果能找到某個基本規則，就可以翻譯古老的文字。然而老話一句——這種族已經忘記科學法則和如何動腦。

所以當他透過電話線路回應我時，他說的話對我而言是陌生的。他的嗓音高亢，話語流暢，語調甜美，講話就像在唱歌一樣。他很激動，並且呼喚其他人。我不懂他們說什麼，但知道他們在哪裡。我可以過去他們那邊。

於是我從花園天堂下來，當我準備離開時，看見曙光出現在空中。亮得出奇的繁星熠熠閃爍，然後漸漸消失。只有一顆冉冉昇起的明亮星星是我所熟悉的——那是金星，散發出金黃色光芒。最後我開始理解到，當我第一次站在那兒看這陌生世界時，給我第一印象覺得景色不對勁的是什麼。你知道，天上的星辰完全不一樣了。

在我的時代——還有你的時代，太陽系是個孤單的漫遊者，在偶然情況下通過銀河系的一個交通叉點。我們在夜間看到的繁星是移動中的星群。實際上，我們太陽系正從大熊座移動星群的中央穿過去，另外還有六個星群聚集在距離我們五百光年的範圍內。

但經過七百萬年的時間，太陽已經移出那團星群。夜空看來幾乎是空的，只有零星散布的幾顆暗淡星星。搖擺的銀河帶橫亙在浩翰的黑色天空中，其餘盡是一片空蕩蕩。

那些人在歌曲中表達的必然還有另一件事，就是他們心中的感受。孤單——甚至連熟悉、親切的星星也沒了。我們看到的星星都在六光年距離以內。他們告訴我說，他們的儀器可以測量地球到任何星體的直線距離，顯示最近一顆的距離有一百五十光年之遙。那顆星非常亮，甚至比我們天空中的天狼星還亮。但也使得它沒那麼親切，因爲那是個藍白色的超巨星。我們太陽差一點就成爲它的衛星。

隨著太陽強烈的血紅光線掃過地平線，我站在那兒看著遲遲不滅的玫瑰銀光逐漸消失。現在我從天上星辰了解到，這裡距離我的時代一定過了幾百萬年；上次見到太陽升起已是那麼久遠的事。血紅光線也讓我懷疑太陽是否正在滅亡。

它的邊緣出現，顏色血紅而且體積龐大。它緩緩升起，顏色隨之慢慢褪去，不到半小時後就變成熟悉的金黃色圓盤。

它在這些歲月裡都沒改變。

我還傻到認爲它會改變。七百萬年——對地球不算什麼，何況是太陽呢？它從我上次看到之後已經升起大概二十億次，也就是二十億個日子。如果是二十億年，或許我才會注意到一些變化。

宇宙緩慢移動著，只有生命不持久，只有生命變化迅速。短短八百萬年，如同地球壽命才過八天——而人類就快滅亡了。人類留下了機器，但它們也將會停止運轉，即便它們並不了解。我是這麼認爲的。不過——我也許已經改變了那情況。稍後會告訴你。

當太陽升起後，我又看了看天空，以及大約五十層樓下方的地面。我已經來到城市邊緣。

機器在地面上移動，也許是在整平地面。一道寬闊的巨大灰線穿越平坦荒漠向東延伸。我在太陽升起前看過它發出微光——那是一條給地面機器行走的道路。上面沒有機器在行駛。

我看到一艘飛船從東邊滑行過來。它在空中發出輕柔低沉的咕噥聲，就像一個小孩在睡夢中發牢騷，在我眼前像個氣球似的慢慢膨脹變大。當它停到城市下方一個巨大的滑行道時，看起來十分龐大。我聽到機器鏗鏘運作的聲音，想必是在處理運來的原料。機器訂購了原料，其他城市的機器提供貨物，再由運輸機器載運到這裡。

北美現在仍有使用的城市只剩舊金山和傑克維爾，但其他所有城市的機器依舊持續運作，因爲它們不能停下來。它們不曾接到停止的指令。

此時，上方高處出現了東西，同時從我下方的城市中央升起三個小球體。它們跟運輸船一樣，沒有可辨識的驅動裝置。天上的那個點就像藍天中的一顆黑星，現在變成跟月亮一樣大。三個球體在高空與它會合，然後一起往下降，沉落到城市中央我看不到的地方。

那是來自金星的貨物運輸。據我所知，前晚看到著陸的是來自火星。

我開始移動，想找到出租飛機這類機器。我在城裡到處尋找，但沒看到認得出來的這類東西。我到更高樓層去找，到處可見廢棄的飛船，但對我來說太大了，而且沒有操控裝置。

時間將近中午，我又吃了一頓飯。食物相當可口。

我體會到這是一座人類希望化爲灰燼的城市。不是單一人種的希望，不僅是白種人、黃種人或黑種人，而是全人類。離開城市是個瘋狂的舉動。我不敢嘗試去走通往西邊的地面道路，因爲我駕駛的計程車是由城市某個來源提供動能，我知道它行駛幾英里後就會失效。

我在廣闊城市的外圍城牆附近發現一座小機庫，那是下午的時候了。機庫裡有三艘飛船。我之前是在人類活動的低樓層探索——都在城市上半部。那裡有餐廳、商店和劇院。我曾走進一個地方時，輕柔的音樂開始播放，眼前螢幕出現彩色影象。

那是一個成熟種族充滿聲光色彩的勝利之歌，一個穿越五百萬年，穩定向前邁進的種族——當他們筋疲力竭停下腳步時，沒看到前方道路正逐漸消失，城市本身已遭廢棄——卻仍未停止運作。我趕緊離開那裡，三十萬年沒唱過的那首歌曲就在身後嘎然而止。

但我發現了那座機庫，可能是私人機庫。裡面有三艘飛船，其中一艘肯定有五十英尺長，直徑達十五英尺，那是艘遊艇，也許是太空遊艇。另一艘差不多十五英尺長，直徑五英尺，它應該是家庭乘用的飛行機器。第三艘是個小飛艇，十多英尺長，直徑兩英尺。很顯然，我得躺在裡面。

飛艇有個潛望設備，可以讓我看到前方和正上方。有一扇窗可以看到下方——還有一個霧面螢幕的設備，底下地圖會移動並投射到螢幕，螢幕上的十字就能標示出目前位置。

我花了半小時去嘗試搞懂，這艘飛艇的製造者到底做出怎樣的東西。但製造者背後擁有五百萬年的科學知識，以及那些時代累積下來的完美機械。我看到提供動力的發射裝置，稍微了解它的原理和機制。不過裡面沒有導線，只有急速閃爍的微弱光束，不仔細看還真看不出它的脈動。大約六道光束不斷發光閃爍，至少持續了三十萬年，或許還更久。

我進到機器裡面，立刻又出現六道光束；一陣輕微顫抖和奇怪張力傳遍全身。我馬上就明白了，這機器使用的是重力消除器。當我致力於重力釋放的研究後發現了空間場域，就一直期盼有這東西。

但在造出完美不朽機器的幾百萬年前，他們就已經擁有這項技術。我的重量進入之後迫使機器調整自己，同時也準備運作。機器裡面，一個模擬地球的人造重力把我接住，然後內外之間的中性區間產生了張力。

機器已經準備妥當，燃料也都加滿。你看它們被裝備到可以自動判斷自身需求，幾乎就像活的東西，每台機器都一樣。一台管理機器爲它們提供補給，進行調整，甚至在有必要時提供可能的維修。我後來得知，如果機器無法修復，它會被一部自動前來的維修卡車載走，並用一台完全相似的機器取代；它被帶去原本製造的工廠，然後自動機器會把它修好。

機器耐心等待我來啓動。操控裝置相當簡單明瞭。左邊有個控制桿，往前推就是前進，往後拉就是後退。右邊有個連接轉軸的水平手柄，往左旋轉手柄，飛艇就原地左轉，往右旋轉就是原地右轉。傾斜手柄，飛艇就跟著動作，除了前後之外的所有動作都是相似操作。拉起手柄就讓飛艇上升，壓下手柄就讓飛艇下降。

我躺在飛艇裡面，將它稍微升起，眼前儀表板上的一根指針移動些許，地板在我下方遠離。我拉回另一個控制桿，飛艇緩緩加速退出機庫，駛入空曠地方。兩個控制桿都歸回原位，機器繼續移動，直到動能被空氣摩擦吸收掉，懸停在同一高度。我讓飛艇調頭，眼前另一個表盤轉動了，顯示出我的姿態，但我看不懂它。地圖並沒如我預期那樣移動，於是我朝自己認爲的西方出發。

在這令人讚嘆的機器裡，我感覺不到加速。只看到地面迅速向後飛掠，不久城市就消失了。現在地圖快速展開，我看出自己正朝西南方移動。我稍微往北轉向，盯著指南針，很快也學會如何控制路線，飛艇繼續加速前進。

我對地圖和指南針實在太感興趣，因爲突然有一陣尖銳的嗡嗡聲，機器未經操控就上升向北偏轉。有一座山在前面，我沒有看到，但機器看到了。

然後我注意到先前應該看過的東西——兩個可以移動地圖的小旋鈕。我伸手轉動它們，聽到明顯卡嗒聲，然後飛艇開始放慢速度。過了一會兒，它就保持在相當低的速度，轉向一條新路線。我嘗試修正它，但令我驚訝的是任何操控都無法影響它。

你看，這就是地圖的功能。它可以隨著路線移動，或者控制路線。我移動了地圖，機器就自動接手控制。我可以按一個小按鈕解除自動控制——但當時並不知道。我無法操控飛艇，最後它到達一座必然是廢棄的大城市中央，懸浮在離地六英吋的空中。這裡大概是沙加緬度。

現在我懂了，所以調整地圖到舊金山，飛艇立刻出發。它繞過一堆碎石，回到原來路線上，然後像個自動控制的子彈，向目標飛馳而去。

飛艇到達舊金山時並沒有下降。它只懸浮在空中，發出如音樂般的輕柔嗡嗡聲。響了兩次。它在等待，我也跟著等待，並且往下看。

下面有人，我第一次見到這時代的人類。他們身材嬌小——

一臉迷惘——四肢萎縮，腦袋大得不成比例，但也沒到太誇張的地步。

他們的眼睛給我印象最深。一雙大眼，看著我時似乎有一種沉睡的力量在裡面，睡得太深而無法喚醒的力量。

我接手控制，降下飛艇。我一出飛艇，它就自動上升離開。他們有自動停泊裝置，飛艇會到最近的一處公共機庫，在那裡接受自動保養與維護。飛艇裡有個小呼叫器，我應該要隨身攜帶。我可以按下按鍵把它呼叫過來——不論我在這座城市的哪個地方。

身旁人們開始議議論紛紛——幾乎像唱歌一樣。其他人則從容不迫靠上前來。男人和女人——但似乎沒有老人，而且年幼的人很少。他們稀少到幾乎被恭敬對待，悉心喝護，以免不小心踩到他們腳趾或踢倒他們。

你要知道，這是有道理的。他們活了很長一段時間，有些人甚至活了三千年。然後——就死掉了。他們並沒變老，而且從不明白人們爲什麼會就這樣死掉。他們心臟停止跳動，大腦終止思考——然後就死了。但年幼的孩子，尚未成熟的孩子，卻受到無微不至的照顧。不過在這十萬人口的城市裡，每個月裡只有一個孩子誕生。人類開始變得不孕。

我告訴過你他們很孤單嗎？他們的寂寞超越了希望。因爲人類大步邁向成熟的時候，也摧毀了所有威脅他的生命體，例如疾病，例如害蟲。然後是最後的昆蟲，還有最後可供人類食用的動物。

大自然的平衡遭到破壞，於是他們不得不繼續做下去。這情形就像那些機器一樣。他們啓動了機器——現在他們不能關掉。他們開始摧毀生命——現在他們停不下來。他們必須除掉所有雜草，接著是許多原本無害的植物。還有就是草食動物，鹿、羚羊、兔子和馬。牠們是一種威脅，因爲牠們會攻擊人類機器照料的農作物。人類這時仍在吃天然食物。

你可以理解的。事情超過他們能夠控制的範圍。最後因爲出於自衛，他們也殺死了來自海上的動物。少了許多能夠抑制人類的生物，人口數量暴增到超越極限，於是合成食物取代天然食物的時代來臨。我們這個時代之後大約兩百五十萬年，空氣中所有生命都被清除，包括所有的微生物。

這意味著水也必須淨化，隨之而來的就是海中生命就此結束。海裡微生物以細菌維生，小小魚靠微生物而生，小魚吃小小魚，大魚吃小魚——但食物鏈的源頭消失了。海洋在大約一千五百年的一個世代裡就沒了生命，甚至海中植物也消失。

地球上只剩人類和他想保護的生物——他要用來裝飾的植物，以及某個超衛生的寵物，跟牠主人活得一樣長壽，那就是狗。牠們肯定是非凡的動物。人類走向自己成熟階段的同時，他的動物朋友，跟隨他走過數千年到你我時代，又走過四千年到人類成熟初期，已經在智力上有所成長。有一座廢棄的古老博物館，那是個奇妙的地方，因爲他們有一具保存完美的遺體，它是五百五十萬年前去世的一位人類偉大領導者。我在那裡看到一隻狗的骨骸，它的頭骨跟我的差不多大。他們有一種簡易的地面機器，可以訓練狗去操作，他們還舉辦讓狗駕駛那些機器的比賽。

然後人類到達完全成熟的階段，並且延續了整整一百萬年。

他向前邁出的步代太大，狗不再是一個同伴。他們想要的東西愈來愈少。當一百萬年過去，人類開始衰微，狗也就消失了。牠們已經滅絕。

最後的這群人依舊活在這套系統下，而且人口愈來愈少，沒有其他生命形式可以做爲後繼者。通常一個文明倒塌之際，新的文明會從它的灰燼上崛起。現在只有一個文明，除了植物以外，其他種族，甚至其他物種都消失了。人類已經到了老年階段，無法從植物得到智慧和行動力。也許在他顚峰時期還有可能。

在那幾百萬年裡，其他世界充斥著人類，維持了一百萬年。每顆行星和它的衛星都分配了一定數量的人口。現在只剩行星還有人住，衛星都已荒廢。人們在我來以前就已離開冥王星，現在人們正從海王星回來，歸向太陽和他們的母星，也就是我所在的地球。這些回來的人看起來出奇的安靜，大多數人還是第一次見到他們種族誕生的星球。

當我走出飛艇，看它上升飛離身邊時，我明白為什麼人類正走向滅亡。我回頭望著那些人的臉龐，從他們身上看到了答案。有一種特質已從人類那些仍然偉大的聰明才智中消失——那些仍比你我更偉大的智慧。我還得依賴其中一個人的幫忙才能解決我的難題。你知道，在空間中有二十個座標值，其中十個為零，六個為固定值，其餘四個用來表示我們的變動，也就是我們熟悉的時空四維度。這意味積分運算不是二重、三重或四重——必須是十重積分。

那會花太久時間，我永遠無法解開自己必須解決的問題。我不會用他們的運算機器；當然，我的是七百萬年前的機器。但有一個人對此感到興趣，於是前來協助我。他在腦子裡運算四重和五重積分，甚至在不同的指數極限間進行四重運算。

當我詢問他時，曾讓人類變得偉大的一樣東西不見了。當我降落時看到他們的臉就知道。他們看著我，對這外貌頗爲奇特的陌生人已經不感興趣。他們是來看一艘飛艇抵達，一件不尋常的事。他們用友善態度歡迎我，但對我一點也不感到好奇！人類失去了好奇的本能。

喔，也不是完全沒有！他們對機器感到好奇，對星星感到好奇。不過他們沒採取任何行動。他們還沒完全失去好奇心，但也差不多了。好奇心即將熄滅。我跟他們相處六個月裡學到的東西，要比他們活在機器世界一千、甚至三千年學到的都還多。

你能體會這情況讓我失望到心碎嗎？我熱愛科學，預料科學能拯救人類，提升人類，甚至已經有一些成果——然而看到這些不可思議的機器，出自人類引以爲傲的成熟發展，已經被遺忘了，被曲解了。在完美機器的服侍、保護與照料下，那些溫和善良的人們已經忘得一乾二淨。

他們迷失其中。這座城市對他們而言是個壯麗的廢墟，是個矗立在他們周圍的龐然大物。它是無從理解的東西，世界本來就是這副模樣。它不是被建造出來的，它只是存在那裡，就如同高山、荒漠和海水一樣理所當然地存在。

您了解嗎？那些機器出現之後至此經歷的時間，比人類誕生距離我們年代的時間還要長久。我們知道自己始祖的傳奇故事嗎？我們還記得他們在森林和洞穴中的傳說嗎？將燧石削出鋒利邊緣的秘訣是什麼？追蹤並獵殺一隻劍齒虎卻能保住性命的絕技是什麼？

他們現在面臨相似的難題，然而時間相隔又更長了，因為語言已經朝向完美邁出一大步，因為世世代代以來，機器為他們維護了一切。

整個冥王星已經人去樓空——然而有一種他們需要的金屬，最大礦山在冥王星上，所以機器仍在那裡運作。整個系統存在一種完美的統整性。一個完美機器構成的統整系統。

所有這些人都知道，用特定槓桿去做特定的事會產生特定效果。就像中世紀人們知道，拿某種材料，也就是木頭，去接觸其他加熱到火紅的木炭，會讓木頭消失並產生熱。他們並不明白木頭是氧化掉了，並在形成二氧化碳和水的同時釋放熱量。所以這些人也不明白那些提供食衣住行給他們的東西。

我在他們那裡待了三天，接著就去傑克維爾。我也有去約克市。那是個極爲廣大的城市，它綿延了——嗯，從今天的波士頓最北邊到華盛頓最南邊——那就是他們所說的約克市。

「他講的時候，我完全不相信。」吉姆打斷自己的話這麼說。我知道他不相信。如果他相信的話，我想他早就到那些地方買一塊地等著升値。我認識吉姆。他的觀念是七百萬年差不多就像七百年，也許到時他的曾孫可以把土地賣掉。

不管怎樣，吉姆繼續說下去。他說全是因爲城市不斷擴張，波士頓向南擴張，華盛頓向北擴張，於是約克市連貫了整個地區。所有中間城市都發展成它們的一部分。

整個地區就是一個龐大機器，井然有序，乾淨俐落。他們的運輸系統可以在三分鐘內把我從最北端送到最南端。我有計時。

他們已經學會抵銷加速度。

然後我搭乘一艘巨大的太空郵輪前往海王星，那裡有一些城市還在運作。你可以看到有些人是往反方向走。

那艘船很大，主要是做爲貨運郵輪。它從地球上浮升，是個巨大的金屬圓柱體，長度四分之三英里，直徑四分之一英里。它出了大氣層後開始加速，我看到地球漸漸變小。我曾搭乘過我們時代的郵輪前往火星，在三〇四八年的時候花了五天時間。在這郵輪上不到半小時，地球看來就只是一顆星星，附近還有一顆更小、更暗的星星。我們一小時內通過火星，八小時後降落在海王星上。這裡是個稱做馬林的城市，跟我那時代的約克市一樣大——城裡沒人居住。

這星球又黑又冷——冷得可怕。太陽看來只是個微小蒼白的碟子，感受不到它的熱度，而且幾乎暗淡無光。但城市裡相當舒適。空氣清新涼爽，濕度滋潤著盛開的花朵，到處充滿花香。製造並維護城市的強大機器發出有力的敲擊聲，整個巨大金屬框架隨之輕微震動，嗡嗡作響。

因爲我懂他們語言所依據的古老語言，以及人類沒落時的語言，所以我從自己解讀的記錄中得知，這座城市在三百萬年前建造，是我出生後的七十三萬又一百五十年。從那天開始，人類就沒親手碰過任何一台機器。

但空氣完全適合人類生活。溫暖的玫瑰銀光懸掛空中，提供這裡唯一的照明。

我去探訪其他有人居住的城市。在那些人類領土退守的邊緣地帶，我第一次聽到我所謂的「渴望之歌」。

還有另一首「被遺忘的記憶之歌」。你聽：

吉姆又唱了其中另一首歌，宣稱自己了解到一件事。他歌聲中帶有更強烈的迷惑，這時我想自己很能體會他的感受。因爲你要記住，我只是從一個普通人的歌聲間接聽到，但吉姆卻是從一位非比尋常的目擊者那裡，聽到他用管風琴般的嗓音唱出。無論如何，我認爲吉姆講得沒錯，他說那個人絕對不是普通人。普通人不會想到那些歌曲，但他們錯了。吉姆唱那首歌時，歌聲裡充滿更多的是那些未成年時的憂傷。我聽出他在心中尋找自己早已遺忘的某樣東西，某樣他拚命要回想起的東西——那是他早該知道的——我覺得他永遠也想不起來。他唱歌時，感覺那東西離他愈來愈遠。我聽到孤獨、急切的搜尋者企圖要想起——那個可以拯救他的東西。

我聽到他因受挫而輕聲啜泣——然後歌聲停止了。吉姆又試著唱幾個音。他聽音樂不是很靈光——但那音樂的力量強大到難以忘記。他只哼了幾聲。我猜吉姆的想像力不夠，或者當那來自未來的人對他唱歌時，他已經失去理智。這歌不該唱給現代人聽，那不是為他們寫的歌。你聽過有些動物揪心的呼喊，幾乎就像人在哭泣嗎？現在，眼前有個蠢漢——他聽起來像個快被殺掉的瘋子。

真令人感到不舒服。那首歌讓你準確感受到唱者的意思——因為它不僅僅是聽起來像人類聲音——它就是人類的心聲。我想，那是人類最終失敗的真髓。你總會為那些努力嘗試但終究失敗的人感到惋惜。你可以感覺到整個人類在努力嘗試——然後失敗了。你知道他們絕不能失敗，因為他們無法再嘗試。

他說自己以前對未來世界很感興趣。雖然那些永不停止的機器還沒讓他倒足胃口，但對他來說實在太超過了。

他說：從那時候起我就知道，自己無法跟那些人一起生活。他們是垂死的人類，而我是活在人類的青壯時代。他們看著我時，就像看著星星和機器時一樣帶著渴求與絕望。他們知道我是誰，但沒辦法了解我。

我開始準備離開。

這花了我六個月時間。準備工作很困難，因爲我的儀器不見了，這是當然的，而他們的儀器使用不同單位。不管怎樣，那裡幾乎沒有可用的儀器。機器不需讀取儀器，它們是完全自動化的東西，內建了感應器。

但李約·蘭拓就他能力所及幫了個忙。所以我回來了。

我離開前只做了一件有幫助的事。甚至將來我會嘗試回去那裡。你知道，就是過去看看。

我有說過他們擁有眞正能夠思考的機器？但很久以前有人把機器關掉，而且沒人知道如何啓動那些機器？

我找到一些記錄，並且破解了內容。我啓動其中一台最新、最好的機器，並從一個很難的問題開始。這是它現在唯一該做的事。這台機器可以在這問題上工作不只一千年，必要的話還可工作一百萬年。

實際上我啓動了五台機器，並且依照記錄指示將它們連接在一起。

它們正嘗試用人類已經喪失的某樣東西製造一台機器。這聽起來似乎有點可笑，但笑之前請先停下來思考一下。要記得，就

在李約·蘭拓幫忙按下開關前，我在內華市地面看到的地球是什麼景象，

眼前一片暮光——太陽已經落下。遠方是無盡荒漠，色彩神秘而多變。巨大金屬城市筆直矗立，支撐起上層的人類居所，其間穿插著尖頂高塔和長滿芳香花朵的大樹。頂端天堂般的公園裡，玫瑰銀光柔和閃耀。

巨大的城市結構隨著穩定、輕柔的機器敲擊嗡嗡震動，那些完美不朽的機器在三百多萬年前就被建造出來——從此沒被人類親手碰過。在那廢棄的城市裡，它們繼續運作。人們曾在那裡生龍火虎，充滿希望，動手建造——然後凋零，留下那些迷惘的小人們，只能尋找、期盼一種被遺忘的情誼。他們漫步在祖先建造的巨大城市裡，比機器還不了解這些城市。

還有那些歌曲，我認爲最適合用來描述他們的故事。絕望、迷惘的小人們處於陌生、盲目的機器間，那些三百萬年前就啓動的機器，他們不曉得如何關掉。他們生去生命力——但也死不了，只能暮氣沉沉。

所以我喚醒另一台機器，爲它設定任務，時候到了就會開始執行。

我安排它去製造一台機器，具有人類早已失去的東西。那是一台好奇機器。

然後我想盡快離開，回到我的時代。我誕生在人類充滿第一道曙光的時代，不該活在揮之不去的垂死暮光下。

於是我回來了，雖然稍微過頭了一些。但不用花我太多時間——就能回到正確年代。

「嗯，那就是他的故事，」吉姆說。「他沒跟我說故事是眞的——關於這點支字未提。他讓我苦思不已，甚至在雷諾停車加油時，我都沒看到他離開。

「不過——他不是普通人，」吉姆用挑釁的語氣再次說。

你知道，吉姆聲稱他不相信這段故事。但其實他相信，這就是爲什麼他說那個陌生人不是普通人時，總顯得如此堅決。

不，我猜，他自己也不是普通人。我認爲他曾活在三十一世紀，也曾看過人類的暮光之城。

國家圖書館出版品預行編目（CIP）資料

誰去那裡？（附暮光之城）：驚人的科幻，約翰・坎貝爾小說選／約翰・坎貝爾 （John W. Campbell）原著；林捷逸 譯．-- 初版．-- 臺中市：好讀出版有限公司，2024.10

面； 公分．--（典藏經典；157）

ISBN 978-986-178-738-1（平裝）

874.57 113014483

好讀出版

典藏經典 157

誰去那裡？（附暮光之城）：驚人的科幻，約翰・坎貝爾小說選

原　　著／約翰・坎貝爾 （John W. Campbell）
譯　　者／林捷逸
總 編 輯／鄧茵茵
文字編輯／莊銘桓
封面設計／鄭年亨
發行所／好讀出版有限公司
　　　　台中市 407 西屯區工業 30 路 1 號
　　　　台中市 407 西屯區大有街 13 號（編輯部）
TEL:04-23157795 FAX:04-23144188 http://howdo.morningstar.com.tw
（如對本書編輯或內容有意見，請來電或上網告訴我們）
法律顧問　陳思成律師

讀者服務專線／ TEL：02-23672044 / 04-23595819#212
讀者傳眞專線／ FAX：02-23635741 / 04-23595493
讀者專用信箱／ E-mail：service@morningstar.com.tw
網路書店／ http：//www.morningstar.com.tw
郵政劃撥／ 15060393（知己圖書股份有限公司）
印刷／上好印刷股份有限公司
如有破損或裝訂錯誤，請寄回知己圖書更換

初版／西元 2024 年 10 月 15 日
定價：280 元

Published by How Do Publishing Co. ,LTD.
2024 Printed in Taiwan

ISBN 978-986-178-738-1

掃描填寫線上回函
獲得更多優惠資訊